COLLECTION FOLIO

Yukio Mishima

Papillon

suivi de

La lionne

Traduit du japonais
par Ryôji Nakamura et René de Ceccatty

Gallimard

Ces nouvelles sont extraites du recueil
Une matinée d'amour pur (Folio n° 4302).

Titres originaux :

CHÔCHÔ
SHISHI

Yukio Mishima, pseudonyme de Kimitake Hiraoka, est né à Tokyo en 1925. Après des études de droit, il se consacre à la littérature et publie, à vingt-quatre ans, *Confession d'un masque*, un premier roman autobiographique où il peint un personnage qui se bat continuellement contre ses penchants homosexuels. Il cherche à les dissimuler aux autres et à lui-même. Le roman fait scandale et lui apporte la célébrité. Son œuvre littéraire est aussi diverse qu'abondante : de 1949 à 1970, il écrit une quarantaine de romans, des essais, du théâtre, des récits de voyage, et un nombre considérable de nouvelles qui reflètent tout à la fois la diversité des talents de Mishima — art du détail comme du développement thématique, art de la description comme de l'ellipse — et des univers qu'il pénètre. Les hommes d'affaires et leurs épouses, les geishas, les gens du peuple, les acteurs du kabuki, le vieux prêtre du temple de Shiga et les soldats finissent par composer un Japon moderne en butte à ses traditions séculaires. Au sommet de sa gloire, en novembre 1970, il se donne la mort d'une façon spectaculaire, au cours d'un seppuku, au terme d'une tentative politique désespérée qui a frappé l'imagination du monde entier. Le jour même de sa mort, il a mis un point final à sa tétralogie, *La mer de la fertilité*, composée de *Neige de printemps, Chevaux échappés, Le temple de l'aube* et *L'ange en décomposition.*

Mishima fut un grand admirateur de la tradition japonaise classique et des vertus des samouraïs. Dans ses œuvres, il a souvent dénoncé les excès du modernisme et donné une description pessimiste de l'humanité.

Découvrez, lisez ou relisez les livres de Yukio Mishima :

LE PAVILLON D'OR (Folio n° 649)

APRÈS LE BANQUET (Folio n° 1101)

LE MARIN REJETÉ PAR LA MER (Folio n° 1147)

LE TUMULTE DES FLOTS (Folio n° 1023)

CONFESSION D'UN MASQUE (Folio n° 1455)

LE SOLEIL ET L'ACIER (Folio n° 2492)

LA MER DE LA FERTILITÉ :

- I. Neige de printemps (Folio n° 2022)
- II. Chevaux échappés (Folio n° 2231)
- III. Le temple de l'aube (Folio n° 2368)
- IV. L'ange en décomposition (Folio n° 2426)

UNE SOIF D'AMOUR (Folio n° 1788)

LA MORT EN ÉTÉ (Folio n° 1948)

LES AMOURS INTERDITES (Folio n° 2570)

L'ÉCOLE DE LA CHAIR (Folio n° 2697)

PÈLERINAGE AUX TROIS MONTAGNES (Folio n° 3093)

LA MUSIQUE (Folio n° 3765)

UNE MATINÉE D'AMOUR PUR (Folio n° 4302)

DOJOJI et autres nouvelles (Folio 2 € n° 3629)

MARTYRE précédé de KEN (Folio 2 € n° 4043)

Papillon

1

Que lui serait-il arrivé, si la vieillesse l'avait visitée, avant que Pinkerton, tant attendu, ne lui revienne ? Au moins, la vieillesse ne se serait pas montrée aussi cruelle que Pinkerton. Cette idée effleura l'esprit de Kiyohara lorsqu'il eut envie d'assister à un concert pour la première fois depuis son retour de guerre. Comme il était officier intendant de réserve, il avait été mobilisé à l'âge de quarante ans, mais, deux ans auparavant, il avait déjà enduré l'épreuve du veuvage. Héritier d'un marchand d'import-export, il s'était forgé, dans sa jeunesse, un subtil équilibre entre rudesse et indolence et ce don de sociabilité l'avait rendu populaire auprès des marchands locaux dans ses diverses affectations, en particulier à Taïwan, au point de susciter la jalousie de l'armée. Mais ce qu'il aimait était la solitude. Souvent les jeunes mondains font l'éloge de la solitude, mais Kiyohara savait, dès sa jeunesse, combien cela pouvait paraître déplaisant, et comme, précisément, il n'aimait pas la solitude d'une façon aussi frivole, il passait paradoxalement pour un viveur. Entre vingt et trente ans, il s'était enorgueilli de la certitude lumineuse de n'avoir jamais fait souffrir aucune femme. Entre trente et quarante ans, il avait eu le spectacle de la souffrance constante de sa femme. Il avait alors eu le sentiment que chaque divertissement inoffensif qu'il s'était autrefois permis en connaissance de cause constituait une erreur ou un manquement. Entre vingt et trente ans, il était convaincu que commettre une action en sachant que c'est le mal revenait à faire le bien ! Probablement, était-ce justement, chez ce jeune homme, cette certitude aberrante qui enivrait les femmes plus que de raison.

Les années paisibles qu'il avait passées à l'armée, en étant envoyé dans les pays méridionaux après la mort de sa femme, étaient idéales pour ranimer en son âme la conscience satisfaite de n'avoir pas fait souffrir de femme. Mais Kiyohara ignorait que cette satisfaction avait été remplacée par un doux repos de l'âme, où il aurait été bien en peine de faire souffrir une femme.

Ainsi, c'est sans la moindre compagnie (c'était du reste une habitude de jeunesse) qu'il se rendit à ce concert, en traversant le parc H. à l'heure blafarde du crépuscule. C'était le soir du 21 mars 1946, alors qu'une pluie froide venait de cesser.

Sur scène, se trouvait une célèbre vieille cantatrice à propos de laquelle on aimait à raconter que, lorsqu'elle avait été évacuée, pendant la guerre, au lac Yamanaka, les oiseaux autour d'elle pépiaient à l'unisson sur les branches d'arbres dès qu'elle chantait. Lorsqu'elle incarnait encore Madame Butterfly, elle apparaissait comme le souvenir de la Madame Butterfly autrefois mondialement célèbre. Or, ce soir dans son récital, elle allait chanter non pas l'air sublime *Un bel dì vedremo*, mais les lieder ravissants, quoique difficiles, de *La belle meunière* de Schubert.

Un piano et une chaise verte étaient posés devant une paire de paravents dorés à six panneaux. « L'artiste a accepté de se produire, malgré un état de santé préoccupant, qui pourrait la contraindre à subir une opération dans un proche avenir. » Toutefois, elle refusa de s'asseoir sur la chaise, préférant s'appuyer sur le piano d'un air douloureux. Vêtue d'un kimono à longues manches, en tissu brillant orné d'éventails sur fond blanc et fermé par une ceinture rouge, les doigts surchargés de bagues étincelantes, elle avait les formes opulentes d'une divinité antique, mais son corps, affaibli par la maladie, paraissait fané comme une fleur de visage-du-soir coupée la veille. Le spectacle était trop impressionnant pour qu'on pût parler de laideur sénile. Un critique musical des années dix l'avait surnommée la « diva des crétines », en la mettant dans le même sac que Mme T. S. Sa vie, en effet, avait un brin de folie, tout comme celle de Madame Butterfly.

Quoi qu'il en soit, c'était pour ainsi dire une sensation magique que d'entendre un gazouillement d'oiseau sortir de ce corps affaibli par la maladie et orné comme une table de banquet de mariage. La clarté de son timbre était presque un cas de possession et elle paraissait devoir ouvrir sa bouche malgré elle pour l'émettre. Son corps pouvait se délabrer sans que sa voix perdît de sa sensualité incarnée. En l'entendant, le public ne voyait qu'un masque merveilleux.

« *Au bord du ruisseau, les fleurs s'inclinent...* »

Elle imita, des deux mains, le cours du ruisseau, en baissant légèrement la tête. On entendit alors sur la scène un bruissement cristallin et un tendre ruisseau se mit à couler. Comme si le scintillement de ses diamants traversait l'air et que cet air limpide et généreux se transformât en eau. Au bord du ruisseau, les fleurs pliaient sous la brise. Mais, quand elle les caressait de ses petites mains d'enfant, elles se ranimaient et toutes déployaient un arc-en-ciel chatoyant comme une tache d'huile à la surface de l'eau.

Soudain Kiyohara crut entendre le thème d'*Un bel dì vedremo* qu'il avait naguère tant aimé.

Était-ce l'effet du pouvoir mystérieux qu'avait cette excellente cantatrice, telle une magicienne, de faire naître des illusions à volonté ? Quand elle chantait *Un bel dì vedremo*, on voyait apparaître à ses yeux la couleur de la mer. Sur la mer grossière en carton-pâte, descendaient d'authentiques esprits marins. Les yeux de Madame Butterfly n'étaient plus noirs comme chez les Japonaises. À force de guetter, jour après jour, la mer, ils avaient fini par en prendre la couleur. Mais, comme par un pressentiment, juste avant la tragédie du dernier acte, où même son visage pourrait avoir un teint de mer, elle jetait un regard extatique vers l'éclat aveuglant de la mer en plein jour. Un navire qui lui apporte la tragédie. Ce sont les yeux d'azur transparent de Madame Butterfly qui l'ont attiré. Ce qu'elle attendait, ce n'était pas Pinkerton. En réalité, c'était la tragédie. C'était la mort. Ce qu'elle se consumait à attendre...

C'est alors que la cantatrice, qui venait de terminer la « Berceuse du ruisseau », portant un bouquet de roses dans la main — mais il était trop modeste pour qu'on dise « porter » —, s'adressa au public, d'une voix douce. Après avoir prononcé des noms aussi précieux que des joyaux, tels ceux de Paderewski, Caruso, Chaliapine, Gigli avec lesquels elle était montée sur scène, elle dit : « Moi qui ai triomphé à travers le monde, j'ai été boudée par le Japon. Mon nom est si petit... (elle feignit de regarder à travers un microscope, en faisant scintiller ses bagues) qu'on doit se pencher pour le lire. » Parmi ses nombreux amants, aucun n'avait reçu l'amour qu'elle réservait à sa carrière. Elle aimait sa gloire d'un amour délicat dont seule une femme est capable. L'instant où la salle tremblait sous les applaudissements était pour elle le comble de la jouissance. Elle avait entendu les foules du monde entier murmurer son nom comme une formule magique. Son nom avait été orné des blasons raffinés de vieilles cités italiennes. Elle avait blêmi dans le parfum d'adieu de milliers de roses de Rome et, lorsque son bateau quitta Gibraltar, la nuit de la Méditerranée accompagna son départ en déployant un ciel étoilé d'une incomparable magnificence. Alors, debout sur le pont-promenade humide de brume matinale, elle aperçut les premières formes du continent américain qui commençaient à se découper vaguement à l'horizon, croyant déjà voir d'innombrables mains l'applaudir et confondant avec le tumulte des flots les clameurs enthousiastes.

« Vous savez, pour mon dernier concert, j'ai pu venir en train, mais, cette fois, jamais (elle prononça ce mot avec une inflexion incroyablement délicate) je n'aurais pu arriver si on ne m'avait transportée sur le dos. J'ai eu une crise d'appendicite après ma tournée de concerts de soutien des troupes il y a quelques années et ça a dégénéré, en formant une grosse enflure dans mon ventre. Dans moins d'une semaine, je saurai si je dois subir une opération. Si je m'en remets, je serai en mesure de chanter Madame Butterfly en juin, sinon... Sinon, ce sera mon dernier récital. »

Elle essuya une larme avec la manche de son sous-kimono en crêpe écarlate, reliquat de ses passions démesurées, et presque pathologiques, de femme du siècle passé. Elle posa le bouquet sur la chaise et prit appui sur le piano. L'éclairage jeta sur sa gorge fripée une lumière cruelle.

Son « chant d'adieu », *Home, sweet home*, qu'elle entonna à voix basse, a cappella, suscita chez nombre de spectatrices une si vive émotion qu'elles sortirent fébrilement leurs mouchoirs : sa voix évoquait le ciel d'Attique qui dominait muettement le théâtre de la tragédie grecque, mais c'était aussi une musique empreinte d'une funeste mélancolie. À se demander si telle n'était pas la voix de Sappho lorsque, trahie, elle alluma un bûcher brasillant devant Aphrodite et que, couronnée de lauriers, chargée de sa lyre dorée à sept cordes et vêtue d'une tunique de pourpre, elle chanta son hymne, aux rives de la mort. C'était une Sappho vieillie et malade, qui n'eût plus supporté ni couronne de lauriers ni tunique de pourpre.

Le récital conclu, elle sortit de scène. Une

élève la prit par la main, tandis qu'elle avançait lentement, en emportant son maigre bouquet, et, avec une sorte de panache extatique, se retournait à plusieurs reprises aux applaudissements qui redoublaient. Les yeux clos, le visage imperceptiblement redressé, elle tendait, puérile, l'oreille vers le vaste espace de la salle de concert où crépitaient les applaudissements, comme si la totalité du monde s'y fût alors résumée. C'était à cet instant-là. De son visage émana clairement une beauté d'une indéniable sensualité, qui fit frissonner Kiyohara...

2

... Et cette spectaculaire sortie de scène de Mme Tamaki Miura n'était pour moi rien d'autre que l'agonie d'un papillon. Répandant autour de lui la poudre luisante de ses ailes brillantes, il voletait, égaré sur scène, sans savoir comment dissimuler leur triste déchirure. Dans ses grands yeux bleus morts, scintillait une mer impassible. Après avoir vainement tenté de se redresser, ses antennes plongeaient et le papillon finissait par s'effondrer dans le frémissement d'un râle qui déferlait comme un ressac.

Si je vous écris après tant d'années ou plutôt de décennies, c'est peut-être à cause de l'insistance du tourment qui me hante depuis que j'ai assisté à la mort insolite de ce papillon. Ce sentiment, proche du trouble jubilatoire de notre enfance, qui nous faisait verser toutes les larmes de notre corps à chaque réveil, et de l'inquiétude douce et tragique, inéluctablement suscitée par une pure réminiscence, qu'est-ce sinon l'angoisse qu'a soudain réveillée le souvenir de cette *Madame Butterfly* à laquelle j'avais assisté il y a une vingtaine d'années ? En voyant de curieuses portes coulissantes à damiers qui nous rappelaient plutôt les treillis à la saison des chrysanthèmes, ces kimonos croisés vers la gauche, ce Goro aux yeux étirés vers le haut comme ceux d'un renard, et cette Madame Butterfly incarnée par la jeune Tamaki Miura, si jeune qu'elle paraissait avoir en effet quinze ans, « l'âge des jeux », nous nous demandions, comme les autres spectateurs, si ce pays appelé Japon était aussi bizarre et frivole, si la vie quotidienne y était aussi frénétiquement agitée que dans un conte de fées. Mais il faut dire que, rangeant mes affaires avant de partir en guerre, j'ai retrouvé le programme de la Scala au fond d'un tiroir et découvert ce commentaire saugrenu : « *Madame Butterfly*, par Puccini. Lieu : Nagasaki, Japon. Époque : de nos jours. »

Je n'avais alors que vingt ans. J'étais encore élève d'une école préparatoire et me donnai six mois de congé pour faire le tour du monde avec mon père. Il avait perdu l'année précédente sa femme, c'est-à-dire ma mère. Son état d'esprit le poussait à emmener son fils en voyage de découverte, quitte à lui faire interrompre des études importantes. Il me semble que je l'ai enfin compris lorsque j'ai moi-même perdu ma femme.

Maintenant que j'y pense mon père voulait se griser de l'incertitude irisée de l'existence. Cette immense insignifiance qu'est le « monde » se développait non sur le plan des idées, mais sur celui des sens. Et ces lieux célèbres qui, lorsqu'on les avait quittés, ne régissaient plus nos vies que comme souvenirs. Et, bien que ces noms de lieux symbolisent une histoire de plusieurs siècles et les innombrables vies tristes et gaies, mélancoliques et joyeuses de leurs habitants, mon père ne voyait en eux que des existences encore plus éphémères que celle que sa femme avait menée sur terre et, par conséquent, cela lui apportait une double satisfaction : même la mort de sa femme se réduisait à un événement aussi insignifiant que l'escale dans un port inconnu, dont le voyageur ne pouvait que se plaindre, et, pour cette raison précise, il éprouvait une joie paradoxale à constater que l'incertitude de la mort de sa femme, si grande fût-elle, n'arrivait pas à suppléer à celle de la vie. Cela dit, au cours de nos séjours dans les ports et les grandes villes, mon père n'était pas forcément gentil et attentionné.

« Tu n'as perdu qu'une personne, mais moi deux », me dit-il en reposant le journal du matin et en me fixant, à l'époque où il commençait à pouvoir plaisanter. « Toi, tu as perdu une mère, moi, une femme et ta mère. »

Par la force des choses, dans chaque lieu, mon père et moi menions des vies séparées, sauf pour les divertissements innocents. Il m'avait flanqué, comme chaperon, d'un secrétaire collet monté, entre deux âges (je ne sais pas pourquoi, il préférait des hommes de confiance incompétents).

Après avoir débarqué à Naples, nous nous rendîmes directement à Rome pour y passer quelque temps. Comme j'exprimais le souhait d'aller à Milan, mon père me suggéra de le devancer avec le secrétaire et obtint de l'Ambassade, pour moi, une lettre de recommandation au consul en poste à Milan. Mais on lui expliqua, à l'Ambassade, que le consul était en mission en Suisse et que, s'il s'agissait simplement de me guider, les instructions de son épouse pourraient amplement suffire. Suivant les conseils de mon père, nous descendîmes au Grand Hôtel qui donnait sur la via Manzoni. Mais saturé de tourisme, je comptais rester couché à l'hôtel sans rien visiter jusqu'à l'arrivée de mon père. J'éprouvais un plaisir luxueux à paresser en plein centre de cette ville si riche en sites, comme un explorateur ressortant d'une caverne de trésors sans avoir rien pris et goûtant à un sommeil profond. Je gardais précieusement, dans mon portefeuille, la lettre de recommandation, mais j'étais prêt à la jeter à la poubelle à tout moment.

Or, un après-midi, alors que mon chaperon était sorti faire des courses, je m'ennuyais tout seul et j'ai eu envie d aller, pour me dégourdir les jambes, au musée Poldi-Pezzoli, à deux pas de l'hôtel. Je savais depuis longtemps qu'y était exposée la fameuse *Madone au livre* de Botticelli. Ses Madones ont des airs païens de Vénus, et à leur propos Walter Pater écrivait : « Il peint plusieurs Madones, mais, se recroquevillant sous la pression du divin enfant, elles plaident, en demiteintes indubitables, pour une humanité plus douce, plus humble. » Bien que le tableau soit, ici, l'expression d'une opulence où flotte une trace d'hédonisme, cette Madone laisse voir « l'ombre de la mort dans la chair grise et les fleurs fanées ». Dans le calme de l'après-midi, jouissant de l'odeur paisible de la poussière du musée, je m'abandonnais, face à cette œuvre, à de semblables rêveries. Derrière moi, je sentis une présence tranquille et j'entendis qu'on parlait un japonais un peu trivial, mais qui laissait poindre dans sa trivialité même une élégance rare :

« Oh, vilain ! »

Interloqué, je me suis retourné et la présence d'un Japonais face à elle parut également surprendre l'autre.

Vous portiez un ample tailleur en velours noir, qui convenait à l'automne avancé dans cette Europe du Sud, et un collier éblouissant, et votre apparition m'évoqua soudain tous ces lacs italiens que je n'avais pas encore vus. Ces paysages délicieux des lacs de Côme, Majeur, de Lugano, de Garde. Vos gants en dentelle suggéraient les fines branches des arbres des bosquets bordant les rives des lacs qui dialoguent avec le ciel du crépuscule. Votre collier, les étoiles miroitant dans le soir. Votre poitrine, palpitant discrètement sous le velours noir, la montée calme et brûlante des eaux du lac au milieu de la nuit, obéissant à des forces impérieuses pour rejoindre le ciel constellé...

Votre compagnon japonais, un monsieur d'une cinquantaine d'années à l'air affairé et enjoué, interrompit mes rêveries en s'adressant à moi :

« Pardonnez-moi, vous êtes japonais n'est-ce pas ? » me demanda-t-il, comme si c'était là un compliment.

C'est ce qui me permit de faire votre connaissance. Votre carte de visite, ou je pus lire « Hanako Kuroda », m'apprit aussitôt que vous étiez l'épouse du consul Kuroda (votre précédent mari) et je me hâtai de sortir de ma poche intérieure la lettre de recommandation dont la valeur me sembla dès lors accrue. Vous avez alors dit :

« Ça tombe bien, parce que nous avons pour ce soir une place de plus pour *Madame Butterfly*, à la Scala. Vous aurez tout le loisir de me raconter ce que projette votre père. Monsieur sera des nôtres. Vous êtes seul ? »

Imaginant la moue constamment amère de mon secrétaire coincé, je n'hésitai pas à répondre.

« Oui, je suis seul. »

La Scala étant située également via Manzoni, on pouvait très bien s'y rendre à pied de l'hôtel. Si somptueux que fût ce théâtre de sept niveaux, il ne produisit pas sur moi le trouble intense qu'un cœur humain avait pu ressentir obéissant à son caprice. *La splendeur de Salomon n'égale pas un lys.* Je m'étais souvent dit que, pour avoir été comparée à un lys, cette splendeur devait être immense. Sur moi, à cet instant-là, la Scala produisait précisément cet effet... Dès que le monsieur qui vous avait accompagnée se fut assis, on lui apporta un message le réclamant de toute urgence et il dut partir au milieu du premier acte : le rideau du deuxième acte se leva donc en nous laissant vous et moi, l'un près de l'autre, embarrassés, dans la pénombre de la loge.

Comme vous le savez, l'air *Un bel dì vedremo* est situé au début de cet acte. Sur scène, avec en arrière-fond l'ombre bleue de la mer que l'on apercevait à travers les portes coulissantes en treillis serrés, Butterfly chantait : c'était la jeune Tamaki Miura, curieusement vêtue d'une robe digne des *Mille et Une Nuits*, dans un mélange de nostalgie un peu comique et de ferveur sincère... Et aussitôt les esprits de la mer possédèrent le décor bleu. Sur la mer, qu'un espoir si ardent paraissait enflammer, la lumière de midi consumait le navire qui venait de poindre à l'horizon, écrasant le paysage d'une violence innocente. Maintenant, soufflait une brise marine funeste et languissante, prête à envelopper la pâle poitrine de Butterfly dans une ombre terreuse.

Je n'eus pas besoin d'utiliser des jumelles pour apercevoir des larmes qui brillaient dans les yeux de la chanteuse. Cette Butterfly voyait sûrement alors un océan imaginaire, désespérément bleu, s'étaler entre le pays étranger où elle chantait et ses lointaines rives natales. Si, à vingt ans, je comprenais que, devant une telle distance azurée, l'amour, la volonté et l'espérance suprême d'un être humain sont bien vains, ce tour du monde, projeté par mon père pour oublier la mort de sa femme, m'a peut-être enseigné l'art d'oublier, quand je n'avais encore rien à oublier, celui d'oublier le monde avant même de le connaître.

Détournant le regard de la scène, j'observai alors votre profil aussi splendide qu'un lys. Les lourds rideaux cramoisis de la loge coloraient votre collier de reflets de flamme et vos joues de lueurs d'aube... Mais j'avais déjà le regard transformé par l'épreuve d'une aussi longue traversée. Je n'étais pas leurré par le hasard qui nous avait réunis, vous et moi, dans un coin de ce théâtre, au cœur d'un pays étranger, pas plus que je n'avais le bonheur de m'en laisser griser. Car je savais pertinemment que le destin qui m'avait conduit ici et en cet instant se confondait avec l'étendue de cette mer bleue et si désespérée. Si notre réunion dans cette loge n'était due qu'à cette distance infinie et marine avec notre pays natal, il était possible qu'il existât entre nous un autre océan. Maintenant que la mer constituait notre destin, nous étions acculés à devoir décider si, à l'instar de Butterfly, nous attendrions vainement quelque chose jusqu'à la mort, ou si, comme Pinkerton, il nous fallait tout oublier. Que de prudence ! Tous les deux, muettement, nous aspirions, l'un plus que l'autre, à oublier avant même d'aimer. Que de vaillance ! Lorsque le rideau tomba sur le deuxième acte, dans une explosion d'applaudissements, vous vous êtes tournée vers moi, et tout cela je pus le lire dans votre sourire et dans l'éclat perçant de vos yeux baignés de larmes.

Je me sentis soudain léger et je me permis une plaisanterie.

« Si Pinkerton était revenu chercher seul Butterfly mais l'avait trouvée remariée, que serait devenu l'opéra ?

— Je n'en sais rien... On trouve souvent ce genre d'intrigue dans les romans occidentaux. »

Cette façon assez malhabile que vous avez eue de détourner la conversation me sembla être la preuve que vous étiez d'humeur insouciante et frivole, comme si la vague qui avait failli l'emporter s'était retirée. Pour ma part, brûlant de vous reprocher cette même légèreté qui avait été la mienne l'instant d'avant, je ne savais où poser mon regard et finis par l'arrêter sur une de vos mains. Cette main blanche était délicatement, mais voluptueusement posée sur le guéridon. Je remarquai une bague ornée d'un saphir à l'ovale élégant.

Joyau bleu. Joyau azur... Gemme marine... Cette association d'idées se heurta à une intuition quelque peu superstitieuse. C'était donc cela la mer qui vous séparait de moi. C'était la magie de ce bijou mystérieux qui nous éloignait...

Loin de vous douter des rêveries mythiques que cette bague m'inspirait, vous l'avez accolée aux fines jumelles que vous avez saisies entre vos doigts élégants, la dérobant à ma vue.

3

Il ne s'y attendait pas vraiment, mais sa lettre ne reçut pas de réponse de Hanako Kawaramachi. Puis, à la fin mai, la vieille interprète de Madame Butterfly quitta ce monde.

De nouveau, Kiyohara pensa à sa mort avec

une passion que lui-même ne s'expliquait pas. Elle avait quitté ce monde dans les ténèbres qui précèdent l'aube. Après avoir attendu toute la nuit, elle avait dû voir, elle aussi, les premières lueurs de la mer qui commençait à miroiter, dans une joie douloureuse où se mêlaient un désespoir certain et un espoir innocent — plus certain encore que le désespoir — qui s'était d'autant merveilleusement cristallisé, comme une pierre précieuse, qu'il avait trouvé, seconde après seconde, une concrétisation. Même si c'est la mort qu'elle avait rencontrée en bout de course, cette mort ne pouvait que lui apporter la délirante allégresse de l'accomplissement. Quoi qu'il en soit de l'au-delà, en ce monde-ci il n'y a que l'accomplissement.

C'était un matin bien ensoleillé qui rendait à ses yeux ces idées bien vaines. Il avait loué sa maison principale à une société qui l'avait transformée en foyer et lui-même s'était installé seul dans l'annexe, où il lisait et relisait l'article qui annonçait la mort de Tamaki Miura. Ce n'est que par la suite qu'il avait pris les lettres que la bonne avait laissées sur la table. Depuis un moment, sur une branche du cerisier, dans le jardin, un petit oiseau, qu'il ne voyait pas souvent, chantait bruyamment : dans le concert des oiseaux du matin, seul son chant résonnait majestueusement, comme une voix de soliste. Une de ces lettres était glissée dans une grande enveloppe blanche à l'occidentale, chose rare à cette époque. Elle avait la couleur du matin. On aurait dit que cette blancheur froide et éblouissante comme un nuage matinal avait découpé un rectangle dans l'air ambiant. Il la posa négligemment sur la paume d'une main. Alors cet oiseau curieux entonna une mélodie. Kiyohara eut l'impression que le chant venait de l'enveloppe, qu'il jeta sur la table. Lui-même surpris par la puérilité de son idée, il reprit l'enveloppe. L'oiseau curieux recommença son chant.

Kiyohara éclata de rire. Il riait irrésistiblement comme s'il était harcelé par le rire même. Il y reconnaissait comme une grâce divine (c'était pourtant un rire pathétique qui avait quelque chose de blessant pour lui). Il était prêt à accepter la requête qu'il trouverait dans la lettre, si importune fût-elle, et à souscrire à toute demande de faveur, si saugrenue fût-elle. Or cette enveloppe blanche contenait une invitation manuscrite :

Le 25 mai

À Monsieur et Madame Yutaka Kiyohara

Nos petits bals d'avant la guerre seront rétablis le dimanche 2 juin.
À partir d'une heure de l'après-midi.

Yasutake Chishima

Il était normal que la famille Chishima, avec laquelle il avait perdu tout contact depuis longtemps, eût ignoré la mort de sa femme, car, comme elle avait eu lieu en pleine guerre, les funérailles s'étaient déroulées dans la plus stricte intimité. Dans les années trente, il avait l'habitude d'emmener sa femme dans les petits bals organisés deux fois par mois chez les Chishima.

C'était également une belle journée ensoleillée, comme un reliquat du printemps à l'approche de la saison des pluies. La maison, à l'occidentale, du marquis Chishima, qui était située sur une colline, avait échappé aux bombardements. Les fenêtres à l'ancienne, qui d'habitude sommeillaient dans la poussière derrière de lourds volets, laissaient apparaître aujourd'hui, à travers leurs vitres polies, des tentures jaunies. Dans les verres astiqués impeccablement se reflétaient discrètement les formes des nuages.

Quand Kiyohara monta seul l'escalier, la musique interrompue semblait avoir repris, le vacarme d'un air de danse, qui était déplacé dans cette vieille maison, faisait trembler le papier peint au motif floral fané. La porte de la salle du bal était laissée ouverte. Comme un rayon de lumière, qui filtrait par la lucarne surplombant l'escalier, éclairait un couple qui dansait tout près de l'entrée, Kiyohara reconnut, sur un doigt de la main étonnamment pâle posée sur l'épaule de l'homme, un éclat de vif azur. Il était certain que c'était le scintillement d'un saphir.

Enfoncé dans un canapé, il se disait confusément que si le visage des gens qui, de temps en temps, le saluaient en remarquant sa présence lui paraissait assombri en raison du contre-jour, l'heure était certainement proche du crépuscule. Il n'avait même pas la force de soulever le poignet pour regarder sa montre. Il promenait autour de lui son regard impatient et nerveux, dans un mélange d'excitation et d'inquiétude, sentant approcher ce qu'il attendait. Ce n'étaient absolument pas les yeux d'un quadragénaire, mais ceux d'un jeune garçon doux et vulnérable, qui tantôt brillaient et tantôt s'assombrissaient brusquement.

Kawaramachi le remarqua enfin et l'accueillit. Avertie par son mari, Hanako se tourna vers lui et le salua du regard, où éclatait, sous des sourcils très noirs d'un autre siècle, un sourire lumineux, digne de ce jour ensoleillé.

À peine la musique terminée, les Kawaramachi se dirigèrent vers le canapé de Kiyohara et s'assirent à ses côtés. Les deux hommes, qui se revoyaient pour la première fois depuis leur retour de guerre, avaient beaucoup de choses à se dire. En silence, Hanako les observait qui dialoguaient prosaïquement. Puis, appuyant légèrement les deux mains sur sa chevelure, elle détourna son regard vague et distrait vers le groupe des invités qui commençaient à danser sur le morceau suivant. Ce qui la mettait de mauvaise humeur était peut-être le signe de cette belle vieillesse qui apparaissait aux tempes de Kiyohara, à savoir une mèche argentée.

Lorsque Kiyohara proposa à Mme Kawaramachi de danser avec lui, son mari s'éloigna sur la terrasse pour allumer sa pipe.

« Tamaki Miura est morte, n'est-ce pas ? dit Hanako à son partenaire silencieux.

— En effet.

— ... Merci pour votre lettre. Je ne vous ai pas répondu. J'ai pensé que vous vous trompiez de personne. Il faut dire que... »

Elle éclata de rire, comme si sa patience était à bout. Sa mauvaise humeur n'était-elle pas due à la répression de ce rire ? Il ne voyait pas le sourire qu'elle cacha en tournant la tête, mais tout son corps le lui transmettait, comme un animal chaud et tremblant de crainte.

« À en croire cette lettre, reprit-elle, j'aurais maintenant quarante ou cinquante ans. Pauvre de moi !

— Le chiffre des unités est bien deux, n'est-ce pas ?

— Vingt-deux ans, continua Hanako candidement. Avant d'être mobilisé, vous aviez la manie de me demander sans arrêt mon âge. “Vous avez dix-huit ans et moi quarante” ... Et puis vous faisiez le calcul : quarante plus dix-huit, divisé par deux, égale vingt-neuf..

— Arrêtons de parler d'âge. Ça va pour vous, mais quand je pense au mien, je suis accablé.

— C'était une lettre qui ne manquait pas d'intérêt. Vous savez, je l'ai relue trois fois. Mais c'est dommage que vous ayez donné mon nom à votre beau souvenir... Quel âge aviez-vous déjà quand vous étiez à Milan ?

— Vu mon métier, comme pays étranger je n'ai affaire qu'à l'Amérique. Comment voulez-vous que je sois allé à Milan ?

— Oh, vilain monsieur ! s'écria-t-elle, en s'amusant au point de ne pas remarquer que l'expression affectueuse qu'elle utilisait pour le désigner, avant son mariage, lui avait échappé. Vous êtes plein d'imagination. Alors peut-être que, cette femme, vous l'avez imaginée en écrivant. C'est merveilleux. Vous pourriez être romancier. »

Avec sa voix innocente et ses expressions puériles, qui lui aurait donné vingt-deux ans ? Son corps souple et menu était si gracile, si fragile qu'il aurait pu s'envoler si on l'avait lâché. Des sourcils fermes aux couleurs plutôt foncées. Aux yeux de Kiyohara, elle avait dix-huit ans — quinze ans, aurait même dit un observateur non prévenu, précisément l'âge tragique de Madame

Butterfly, l'« âge des jeux » — comme l'année où, peu de temps après la mort de sa femme, il l'avait vue pour la première fois. Kiyohara aimait ces dix-huit ou dix-neuf ans de Hanako. Il l'aimait sans réserve, avec violence, avec une passion inégalée en quarante ans d'expérience. Comme si l'esprit de sa femme l'avait possédé et dominé, une force quasi surnaturelle mobilisa, vers l'unique objectif de cet amour, toutes ses vertus, toute sa bonté, toute sa capacité d'endurer souffrance, tristesse ou joie, tous ses vices, toute sa vanité. Le mariage fut ajourné à cause de la réponse incertaine du père de Hanako. La guerre les éloigna encore davantage. Il se rendit à Taïwan. La guerre fut terminée. C'est en rentrant dans son pays au terme d'un pénible périple qu'il apprit le mariage de Hanako. C'était une conclusion banale à laquelle n'importe qui pouvait s'attendre. Kiyohara n'opposait plus de résistance à la « vieillesse » qui attendait son retour avec plus d'impatience que Hanako. Là, les remords mêmes étaient du plaisir. Un regret douloureux le visitait, lui qui n'avait guère réussi à aimer la solitude autant qu'il l'aurait souhaité. Mais un homme vieillissant qui a épuisé sa capacité d'aimer est-il seul susceptible de regret ? Le regret n'est-il pas une forme d'amour ?

« La musique, c'est merveilleux. Elle est dotée d'une force merveilleuse. » La voix de Hanako était devenue sobre. Kiyohara éprouvait une sorte de nostalgie à la tenir entre ses bras, comme s'il touchait ces idées puériles.

« Moi aussi, ajouta-t-elle, je suis allée au dernier récital de Tamaki Miura avec mon mari. Est-ce que la musique est capable de susciter une nouvelle forme de mémoire ? Avec vous il y a vingt ans...

— J'en ai la preuve, quant à l'histoire de ma lettre... Il s'agit de votre bague. Puisque vous portez la même bague que celle dont il est question dans la lettre... »

Il indiqua du regard l'élégante bague ovale, le bijou de la mer, le saphir d'azur, au doigt qu'elle avait posé sur son épaule.

« Oh, mais c'est un souvenir de ma mère. Vous n'aviez pas remarqué que je la portais toujours. Madame Butterfly... il y a vingt ans... Milan... eh bien, on fait comme si c'était vrai. J'y croirai. Ainsi ça deviendra peut-être vrai. »

Hanako, comme un oiseau prenant soudain son envol, se mit à monologuer sur le ton excité d'un caprice tout à la fois tragique et délirant.

« Pendant la guerre je me trouvais à Ôiso. Je passais mon temps à contempler la mer. À force de la regarder, j'en étais épuisée et j'en avais la nausée. Mais je ne faisais que regarder. Je n'attendais pas, contrairement à Madame Butterfly. C'est ça, je n'attendais rien.

« C'est ce que vous vouliez savoir avec cette

lettre, non ? Je l'ai parfaitement compris. Vous comprenez pourquoi je ne vous ai pas répondu ? Vous le comprenez vraiment ?

« Mais... moi... (la musique arrivait à sa conclusion) il y avait quelque chose que j'attendais. »

Comme s'il brûlait de le dire, le jeune comte Kawaramachi, en accueillant Kiyohara et Hanako qui s'approchaient de la terrasse, s'écria, en indiquant gaiement le lointain avec sa pipe :

« Monsieur Kiyohara, on voit la mer ! Regardez ! Autrefois d'ici on ne la voyait pas. Ce paysage est, au fond, une curieuse conséquence de la guerre... »

Effectivement, dans la direction qu'il indiquait, rien ne s'interposait, sinon la maison des voisins des Chishima, qui avait échappé aux bombardements, et le foisonnement de la végétation naissante : au-delà des décombres de la ville, baignant dans la lumière rose pâle et grise de ce début d'été, une mer sale, mais paisible, étalait ses nuances bleues, entre les toits des entrepôts et des usines. On apercevait également ce qui ressemblait à un cargo au mouillage.

« C'est un bateau américain, dit le jeune comte comme pour faire admirer l'excellence de sa vision.

— En effet, c'est un bateau américain », répliqua Kiyohara.

Puis, de nouveau, il scruta ce panorama d'une mer triste et grise, comme pour l'imprimer dans sa mémoire. Dans le ciel qui surplombait la mer, flottaient des cirrus d'une couleur indécise. C'étaient les prémices de ces somptueuses cimes de nuées qui excitaient déjà un violent besoin d'été. Le vent semblait souffler sur la mer. C'était probablement pour cela si les nuages diffusaient une légère angoisse, et si le sentiment du deuil d'une journée ensoleillée était plus présent que dans tout crépuscule passé.

... Un mois plus tard, un matin au cœur de l'été, quand Kiyohara apprit la disparition soudaine et inattendue de Hanako Kawaramachi (elle, pourtant, si incomparablement vive, si éclatante de santé), il lui sembla, à bien y réfléchir, que ce désir ardent de garder en mémoire la vision de cette mer vaine recelait celui de tromper un noir pressentiment, que rien n'aurait pu expliquer.

La lionne

D'après *Médée* d'Euripide

1

Le matin du ... octobre 1946, dans une pièce qui donnait sur le jardin arrière de chez les Kawasaki, le petit déjeuner le plus matinal avait lieu. L'étiquette qui avait été respectée avec autant de rigueur dans cette maisonnée était, la guerre terminée, et après la mort du maître survenue cet été-là, progressivement défaite par ceux-là mêmes qui avaient contribué à la maintenir, et on en avait là un exemple. « Ceux-là mêmes » étaient en train de prendre leur petit déjeuner face à face : la nourrice Katsu et l'intendant Yokoi, qui avaient des têtes semblables à une vieille enseigne de boutique de saké. Jadis, aux temps glorieux, il était hors de question pour eux de prendre le petit déjeuner avant que les membres de la famille, au service desquels ils se trouvaient, ne l'aient terminé, mais maintenant ces deux vieux le prenaient dans la chambre modeste de Yokoi, à la première heure, plus tôt que n'importe qui. Avec l'âge, ils se réveillaient affreusement tôt, et la faim ne leur permettait plus de respecter la coutume d'autrefois, mais probablement avaient-ils dû ajouter des codicilles au Règlement de la Maisonnée : un article qui accordait aux vieux le droit de prendre leur repas tant qu'il était chaud et un autre selon lequel ils devaient manger ensemble. Katsu, en se réveillant dès potron-minet, arrachait la bonne, Miyo, à son sommeil pour qu'elle fît cuire du riz. Il restait quatre ou cinq sacs de riz clandestin, datant de la période de la guerre, quoique un peu entamé par les bestioles.

Aux regards étrangers, ces deux-là paraissaient former un vieux couple alors qu'ils n'étaient que deux amants purs et innocents. La mort de leur maître, qu'ils avaient servi toute leur vie, chacun dans son coin, les avait rapprochés. Yokoi se demandait encore de temps en temps, avec une angoisse de jeune homme, si Katsu n'avait pas entretenu de liaison avec le maître.

« Hier, je suis allée voir Maître Hakuryû à Ôi, dit la nourrice sur un ton démodé qui était paradoxalement trop sensuel pour son âge. D'après lui, cette maison n'a pas encore épuisé sa bonne fortune. Mais cela ne veut-il pas dire qu'elle va l'épuiser un jour ?

— Oui, moi aussi, je suis allé chez Maître

Hakuryû à plusieurs reprises. » (Le vieil intendant avait l'habitude d'abuser des variations d'intonation, des ralentissements et des accélérations, qui donnaient à son débit une allure de conspiration.) « Depuis longtemps, il ne cessait de répéter que le jour où notre maître avait investi en Mandchourie, juste après les événements de l'“Affaire de Mandchourie”, était le plus néfaste qu'on pût concevoir. C'est ce qui expliquait qu'il ne fût pas parvenu à se retirer à temps de ses affaires là-bas, que Mademoiselle, venue faire seulement du tourisme en Mandchourie, fît ce mariage sur un coup de tête avant de s'installer à Moukden et qu'elle dût rentrer au pays dans ce triste état. Cela dit, je ne crois pas à l'art divinatoire. »

En remuant ces souvenirs, il songeait au pouvoir surnaturel de celui qu'il était maintenant bien obligé d'appeler « maître » et qui avait attiré une demoiselle de bonne famille de Tôkyô jusqu'à ce trou de Moukden : s'il comparait avec sa propre expérience, lui qui n'avait pas connu d'autre femme que son épouse à présent décédée, il ne pouvait s'empêcher d'y voir l'influence d'un astre néfaste. Au fond de lui, il ressentait pour cet homme le plus parfait mépris : à la différence de son prédécesseur, le nouveau maître faisait preuve d'une franche gentillesse envers les membres de son personnel au point même de leur rapporter des souvenirs de ses voyages, et l'intendant devait prendre sur lui pour ne pas se laisser attendrir. Dans l'esprit de Yokoi, le maître aurait manifesté un plus grand respect à l'égard du personnel en s'interdisant au contraire toute familiarité : la gentillesse venant d'un maître lui apparaissait comme un affront.

« Moi, ce que je pense, c'est que le nouveau Maître a une certaine prestance. »

Yokoi s'indigna.

« Je n'aime pas ses dents en or.

— Mais il n'en a que trois. »

Elle les avait bien comptées. Il faut dire que Katsu, qui avait assisté à l'évacuation des moindres objets pendant la guerre, était le genre de femme capable de dire de mémoire le nombre de mouchoirs dans tel ou tel tiroir.

... Le jardin arrière ombragé commençait à s'éclaircir, comme s'il reprenait forme peu à peu. La lumière précise de l'automne créait, avec la rangée de cyprès, des ombres striées sur le sol du jardin. Les deux vieux craintifs, à cette vue, se souvenaient malgré eux de la tenture de deuil qui avait été tendue aux funérailles de leur maître.

« Si seulement cet homme pouvait disparaître... »

C'est sur ce ton vipérin que Yokoi évoquait son nouveau maître comme pour sonder sa propre animosité qui commençait à vaciller. Par comparaison, l'hostilité de Katsu avait des replis plus subtils et plus délicats. C'était un sentiment plus instinctif.

« Que le Maître soit la source de la souffrance de Mademoiselle (Katsu s'obstinait à appeler ainsi Shigeko même après son mariage), même Miyo le sait. Voilà quelques jours qu'il est parti, il n'est toujours pas rentré et elle doit endurer cela !

« En même temps, si Mademoiselle vient à se séparer du Maître, elle n'y survivra pas. La pauvre ! Elle ferme à peine l'œil de la nuit ; ses yeux sont injectés de sang ; elle tient de feu sa mère une sensibilité maladive, elle ne peut s'empêcher de torturer son propre corps. »

... C'est alors que Miyo vint annoncer le réveil de Chikao, le fils unique de Shigeko. Le petit Chikao, qu'on couchait dans une chambre au premier étage, séparé de sa mère, avait pris, depuis quelque temps, s'il se réveillait avant qu'on ne le sortît du sommeil, l'habitude d'ouvrir lui-même le volet qu'il arrivait tout juste à atteindre à partir de son lit, lassé d'attendre l'heure d'aller à l'école maternelle.

« La fenêtre est ouverte et il chante quelque chose. »

De leur petite chambre, le vieux couple entendit la voix aiguë de Miyo, dont l'accent de Tôhoku rappelait le chant de la pie-grièche, tandis qu'elle balayait le jardin arrière.

« Il ne peut pas bien dormir parce qu'il est inquiet pour sa mère. Être si hypersensible...

— Pauvre petit ! Je vais aller le voir tout de suite. »

Comme Katsu se levait, Yokoi lui demanda :

« Quelles visites attendons-nous aujourd'hui ? »

Katsu ajusta sa ceinture de satin doublée et brodée, de la marque Nyogen, en la lissant avec les doigts.

« Une seule. À trois heures, le commandant Aigeus vient pour la cérémonie du thé. Hier soir, il a téléphoné pour prévenir que sa femme ne pourrait pas venir, parce qu'elle est grippée. Et comme Monsieur ne semble pas rentrer, ce sera une triste cérémonie à deux. »

2

Shigeko se réveilla après que Chikao fut parti pour l'école maternelle, accompagné de Yokoi. Il était neuf heures. Par les interstices des volets passait un rayon de lumière pareil à une coulée de résine.

Depuis quelques jours, bien que son mari Hisao ne rentrât pas, pour cause de « voyage d'affaires », Shigeko ne pouvait pas s'endormir sans lui avoir fait préparer auparavant son lit pour la nuit. Même si ce n'était qu'un lit vide et froid, elle avait besoin de le voir à côté d'elle pour trouver le sommeil. Probablement ce lit vide était-il plus agréable pour elle, car il n'en venait aucune respiration déplaisante et tout y était soumis à son bon plaisir jusqu'au moment où ses yeux se fermaient. C'était en partie sa fébrilité qui le lui commandait, mais, jusqu'à l'aube, elle ne pouvait se décider pour aucun des deux lits et elle quêtait le sommeil en passant constamment d'un oreiller à l'autre, d'un lit à l'autre. Il était inévitable qu'en se réveillant Shigeko découvrît chaque matin un « autre lit » en désordre, mais aussi vide et aussi froid qu'une tombe.

C'était un réveil aussi déplaisant qu'un mauvais pressentiment. Le matin l'effrayait : un matin qui aurait équivalu à la nuit pour un malade. Shigeko venait de s'arracher à un cauchemar cruel et funeste. Elle avait un goût de sang dans la bouche. Étaient-ce les effusions de sang de ses rêves, qui lui avaient laissé un arrière-goût ? Non. Elle avait l'habitude de se réveiller avec ce genre de sensations, quand elle était indisposée. Alors, quoi qu'elle mangeât, les mets avaient le goût du sang.

... Depuis qu'elle avait assisté au spectacle atroce du rapatriement de Mandchourie, elle était devenue si sensible qu'elle avait écarté tout objet rouge de sa chambre. Mais, dans ses rêves, le sang coulait à flots. Ils répétaient avec insistance les scènes effroyables qui avaient eu lieu entre la fin de la guerre à Moukden et son arrivée en métropole. À l'âge de dix-neuf ans, elle avait fait un voyage en Mandchourie. Pendant son séjour à Moukden, où se trouvait la compagnie de son père, elle avait connu son premier amour en tombant soudain amoureuse de Hisao, un ami de l'employé qui lui servait de guide, et cela avait été comme ces bourrasques du continent chinois qui, en un instant, vous aveuglent dans leurs tourbillons de sable. À bien y repenser, Hisao était un expert en la matière et, du reste, il avait pour surnom « Attaque éclair ». Et il était passé maître dans l'art de faire endurer tout de suite un instant de souffrance, aussi habile qu'un chirurgien dans son maniement du scalpel, car la confiance en un chirurgien naît du fait qu'il ne prolonge pas l'attente de la souffrance et qu'il sait la diviser en phases à sa guise. Le frère de Shigeko s'était opposé à ce mariage, ce qui ne fit que la conforter dans sa détermination. Naissance de Chikao, fin de la guerre, trois ans plus tard... Le cauchemar commençait dans la ville de Moukden où régnait un silence mystérieux qui suivait ce jour du 15 août.

À la fin août, l'armée soviétique fit irruption. Le frère de Shigeko, qui était lieutenant et passait pour un employé de la compagnie de son père, fut dénoncé comme membre des services secrets et emmené on ne sait où. L'année suivante, c'est-à-dire au printemps dernier, Hisao et sa femme prirent le chemin du rapatriement en train, vers la frontière coréenne, avec Chikao dans les bras. C'est aux environs de la gare de Miya-no-hara que le train fut attaqué par des bandits. Les voyageurs, qui ne savaient où s'enfuir, se réfugièrent au creux de poches marécageuses qui étaient éparpillées dans la lande. Dans ces mares, de hautes herbes, pareilles à des roseaux, poussaient par touffes d'un mètre, qui permettaient de s'y cacher en se tapissant dans l'eau. Mais la psychologie grégaire est telle que la plupart des passagers se regroupaient dans les mêmes zones avec force éclaboussures. Hisao changea soudain de direction pour courir délibérément vers un coin dégarni où la touffe d'herbes était trop peu dense pour les cacher convenablement. Il s'accroupit dans l'eau en tenant dans les bras son enfant dont les tendres joues, qui n'avaient pas l'éclat de celles des autres enfants, tremblotaient; ses yeux maladivement grands, écarquillés d'épouvante, Chikao s'agrippait au cou de son père et comme un catéchumène trempait le bas de son corps dans l'eau.

« N'aie pas peur, il n'y a rien à craindre, il ne faut pas pleurer. »

Shigeko fixait de ses yeux légèrement étirés les lèvres entrouvertes de son enfant, dont les pleurs seuls auraient pu entraîner leur mort à tous trois. Tout près du visage du petit, la mère tenait sa main prête à étouffer le moindre cri.

Il se fit un long silence. Un coup de feu sec le brisa. D'autres coups suivirent. Le marécage retrouva son silence. Probablement les quelques victimes dont seule la tête dépassait de l'eau avaient dû y replonger sans avoir eu le temps de pousser un seul gémissement. Cela se vérifia à ce que, d'une touffe à peine distante d'une cinquantaine de mètres, des ondes agitées se dessinèrent à la surface, formant une tache rougeoyante. C'était la couleur d'une brique humide de pluie... Apparurent alors dans un coin lointain du marécage trois ou quatre tirailleurs. Avant le coup de feu suivant, retentit au loin un hurlement strident comme un rire. Ainsi commença la chasse au canard, un véritable cercle de l'enfer.

Quand l'attaque fut terminée, le train se remit en branle à l'aube et Shigeko, assise dans un coin, regardant derrière elle le scintillement du marais où le massacre avait été perpétré, perdit connaissance. Lorsqu'elle revint à elle, l'intérieur du compartiment était gaiement éclairé par le soleil. Apercevant la bouche de Chikao qui continuait de pleurnicher spasmodiquement près de son oreille, elle allait lui plaquer brutalement la main dessus, mais Hisao l'en empêcha.

... En se réveillant, Shigeko secoua la clochette. Elle voulait se rafraîchir la bouche au plus vite, car même sa salive visqueuse avait la saveur du sang. Elle demanda de l'eau à Katsu, agenouillée sur le seuil. Laissant la lumière cruelle du matin tourbillonner sous ses paupières, elle fit retomber sa tête sur l'oreiller un instant, les yeux clos.

Avec une curiosité voilée de compassion, Katsu la vit plus tard vider son verre, assise dans son lit, comme fondue en lui, la tête toujours rejetée, les yeux encore fermés. Avec des gestes vifs, la nourrice ouvrait les volets de bois qui, en se heurtant, produisaient un claquement vigoureux. Sur toute l'étendue du large couloir, se déversait une coulée de lumière d'automne, généreuse et limpide.

« Quel jour de la semaine sommes-nous ? »

Katsu, troublée par ce regard qui soudain s'était tourné vers elle, ne pouvait répondre que pour la forme.

« Eh bien..., c'est-à-dire..., je crois qu'on est mardi... »

Alors que Shigeko avait projeté de débuter sa journée par un dialogue mécanique, cette réponse incertaine perturbait ses plans et désormais il ne lui restait plus qu'à aggraver la situation jusqu'au bout.

« Tu ne sais même pas dire le jour de la semaine ?

— Eh bien, je me fais vieille maintenant... »

Son ton de dérision semblait cacher un fond plus grave.

« Qu'est-ce que c'est que cette réponse ? Même toi, tu te moques de moi... Vous vous liguez contre moi. »

Comme les sanglots de Shigeko, inévitables dans ce type de situation, ne manquèrent pas, Katsu fut rassurée et, par ailleurs, l'humiliation qu'elle avait subie suscita en elle une douloureuse joie. Elle saisit dans ses bras sa malheureuse maîtresse qui avait l'âge d'être sa fille. Un amour d'une douceur désuète, qui ne pouvait être partagée que par une servante et sa maîtresse, encourageait et confortait Katsu.

« Que dites-vous, Mademoiselle ? Nous ne pensons qu'à vous rendre heureuse, Mademoiselle. Si quelqu'un osait se moquer de vous, je ne le lui pardonnerais pas. »

Entre ses larmes, Shigeko eut un sourire qui découvrit ses dents étincelantes et humides.

« Je vais me venger, tu sais.

— Comme il vous plaira.

— Je vais tuer quelqu'un.

— Comme il vous plaira. »

Dans l'assentiment complaisant de Katsu, il y avait un relent d'opportunisme attentif, comme celui d'un receleur d'organes à l'égard d'un criminel.

3

À part la famille, personne ne pouvait librement entrer par le jardin, sinon Keisuke Kikuchi. Non pas « pouvait entrer » du reste, mais « entrait ». Ce monsieur entre deux âges, gai et coquet, convaincu que tout le monde l'adorait, cherchait à être dans les bonnes grâces de tous, même de ceux qui — comme Shigeko — ne lui plaisaient pas. Pour preuve, il entrait dans le jardin. Personne n'osait l'en dissuader.

Il était dix heures du matin quand, ayant terminé son petit déjeuner auquel elle avait à peine touché, Shigeko rectifiait le bouquet qui décorait la fenêtre de la chambre occidentale en saillie. L'homme qui descendit de la voiture garée juste à l'entrée s'apprêtait à aller dans le jardin, en passant sous cette fenêtre ouverte, quand il y aperçut Shigeko qu'il salua.

« Tiens, bonjour ! »

Il se découvrit, comme pour démontrer la jeunesse de ses cheveux ondoyants qui brillaient dans la lumière d'automne.

« J'espère pouvoir compter sur votre présence ce soir. À vous deux.

— Je ne sais pas si Hisao sera rentré.

— Je lui ai fait parvenir hier un télégramme pour qu'il rentre tout de suite. Ne t'inquiète pas, il sera de retour à temps pour ce soir. Simplement, je suis passé pour m'assurer que tu pourrais venir.

— Entrez donc. »

... Keisuke avait longtemps occupé la position de fils spirituel du père de Shigeko. Dans le milieu des affaires, les deux hommes passaient pour être inséparables. Mais Keisuke ne comprenait rien aux relations humaines. Le seul sentiment d'amour dont il fût capable (même envers sa propre fille) n'était qu'euthanasique. Il s'était lancé dans un investissement irrationnel et quasi passionnel pour le soja, le minerai de fer et le porc de Mandchourie, pour se retrouver au moment de la fin de la guerre, avec une quantité gigantesque d'actions des chemins de fer de Mandchourie, dont il rechignait à se débarrasser. À la fin, il se disait qu'un vieillard asthmatique et complètement décati, comme Genzô Kawasaki, mieux valait le laisser mourir : tel était son amour. En revanche, pour Shigeko, seule survivante de sa famille, il avait tout de même fait l'effort d'engager, dans la nouvelle société qu'il était en train de mettre sur pied, son mari, qui s'était senti démuni après leur rapatriement et après la mort de son beau-père. En plus, Hisao plaisait à Keisuke. Ce jeune homme dynamique, agrémenté d'un parfum d'anarchie, qui, de lui-même, avait choisi d'affronter le vent du nord qui faisait rage en Mandchourie, s'était étrangement bien adapté au Tôkyô chaotique de l'après-guerre.

... Depuis quelques semaines, Keisuke était lassé du rôle paternel qui lui était échu, à cause d'un problème sentimental de sa fille Tsuneko. La veille à peine, il avait fait une escapade à Atami en compagnie d'une femme avec laquelle, depuis une dizaine d'années, il se permettait tout. Le matin précédent, il était allé chez Yonekura, le coiffeur du quartier de Ginza, et il lui sembla que sa coupe si fraîche préservait, autour de ses oreilles, une réminiscence de sensualité, au point que l'attitude hautaine de Shigeko lui inspira une envie de fuite immédiate. Il contint un bâillement, ce qui fit briller des larmes sournoises dans ses yeux candides de jeune chien.

L'amour pour une fille unique qui a perdu sa mère peut, chez certains pères, enfler jusqu'à leur faire connaître les tortures de la jalousie, mais ce n'était nullement le cas de Keisuke. L'indépendance vaillante de sa fille l'amusait tout simplement. Cela le divertissait aussi de la voir célibataire à vingt-quatre ans — c'est-à-dire à tout juste un an de l'âge de Shigeko. Cela l'avait également réjoui de constater que des étudiants mobilisés pendant la guerre, nombreux plus que de raison, avaient fait leurs adieux dramatiques à Tsuneko. Et quand sa fille lui mentait effrontément, son ravissement atteignait presque à son comble. Sa quête égoïste était radicale : il lui suffisait de savoir que sa fille voyait un « bon père » en lui, ses employés un « bon patron », ses amis un « bon copain », et les gens en général « quelqu'un de vraiment bien » ; la certitude d'être aimé de tout le monde frappait de nullité tout problème sentimental et il lui était donc inutile d'aimer. Sa liaison avec cette femme, qui ne s'était pas plus rapprochée qu'éloignée de lui en dix ans, et sa bienveillance à l'égard de son nouvel employé, Hisao, n'étaient certainement rien d'autre que sa façon de les remercier de s'être contentés de le considérer comme « quelqu'un de bien » et de n'avoir jamais outrepassé cette limite. Au fond, sa répulsion sans raison envers Shigeko tenait peut-être à une raison inverse.

La société qu'il était en train de mettre sur pied était spécialisée dans la distribution du cinéma américain. C'était une grande entreprise dans laquelle le groupe S. d'Ôsaka avait une participation, mais il avait installé ses bureaux dans sa maison qui avait échappé aux bombardements, c'est-à-dire son propre bureau, la chambre de feu sa femme et une salle de séjour, mais on courait toujours le risque d'un réquisitionnement. Au départ, Hisao avait été engagé comme secrétaire, mais son expérience, qu'il avait acquise à Moukden, dans la Compagnie cinématographique japono-mandchoue, s'était révélée utile dans le travail : pour ce qui était, par exemple, de la tâche fastidieuse de demander une autorisation préfectorale afin d'ouvrir une salle en province, il s'en acquittait de ville en ville, à la place du patron. Et du reste, au bureau, où la famille de Keisuke se trouvait sous le même toit, il n'y avait aucune raison pour que cet homme qui avait pour surnom « Attaque éclair » restât sans rien faire, les bras croisés.

Il était trop habile, si bien qu'il n'obtenait jamais que les femmes, ce bagage lourd à porter. Pour avoir avec elles l'argent et la position sociale, il aurait fallu une maladresse subtile. Dans le cas de Shigeko également, il n'avait obtenu qu'elle.

Tsuneko n'avait pas un gramme de graisse, grâce au basket-ball qu'elle pratiquait régulièrement, et Hisao avait pu vérifier la blancheur de sa chair ferme et sa sveltesse d'alevin, un jour où, après avoir raccompagné un visiteur, il était rentré par la porte de service et avait aperçu ses cuisses, l'ayant surprise, en short, en train de jouer au tennis avec une amie sur leur court privé. Elle venait de rater une balle qu'elle alla ramasser dans un buisson. Tout en observant à la dérobée ses jambes blanches, tandis qu'elle s'agitait dans les hautes herbes, il s'adressa à son amie :

« Vous avez vos lacets défaits.

— Tiens, c'est vrai. »

La jeune fille, plutôt potelée et apparemment sympathique, glissa sa raquette sous un bras et s'agenouilla. Quand elle se releva, elle dut croire que cet homme qui était entré soudain par la porte de service était un ami de Tsuneko. Après l'avoir remercié, elle regarda tour à tour son visage et celui de Tsuneko qui revenait vers eux, et dit :

« Je voudrais boire de l'eau fraîche. Où pourrais-je en trouver ?

— Je vais vous en chercher. »

Hisao y alla aussitôt.

Lorsque Hisao revint avec un verre, apparemment les deux filles avaient eu le temps de jaser sur cet « homme revenu de Mandchourie » : l'amie de Tsuneko le reçut avec un air sérieux qui dissimulait son rire. Elle triturait un mouchoir dans sa mignonne petite main potelée. Elle proposa le fond de son verre à Tsuneko qui s'en abstint.

Hisao la remplaça sur le court pour jouer avec Tsuneko : cette dernière s'agitait mécaniquement comme si le cœur n'y était pas, mais elle renvoya chacune des balles avec une force qui étonna Hisao. Lorsque Hisao, qui avait déjà saisi comment s'y prendre avec Keisuke, apprit que les filles n'étaient jamais allées danser, il les emmena dans un établissement, sans omettre de prier Tsuneko de demander la permission de son père, mais Tsuneko restait toujours taciturne. Or, quand il l'eut raccompagnée en début de soirée et qu'il allait repartir, elle fit une légère moue, mais avec une expression dure dont on n'aurait su dire si c'était dédain ou coquetterie :

« La journée s'est écoulée, dit-elle ironiquement, sans que rien ne se passe. »

C'était là l'ironie de quelqu'un qui connaissait les circonstances dans lesquelles Hisao avait rencontré Shigeko. Il fit semblant de s'en étonner :

« Parce que quelque chose pouvait se passer ? C'est vraiment dommage.

— Quel manque de sincérité ! Je n'aime pas les hommes insincères. Je ferais bien de mettre en garde Shigeko.

— Je vais le faire moi aussi. »

Hisao était légèrement éméché. Il la quitta après lui avoir serré la main, mais il garda de ce contact glacial une douleur aiguë.

... Le problème sentimental de Tsuneko, qui préoccupait Keisuke depuis quelques semaines, était précisément sa relation avec Hisao, qui avait donc connu cette évolution. Cette fois il était vraiment interloqué, mais, en même temps, il trouvait la situation extrêmement drôle. Les procédés auxquels tout parent qui se respecte aurait recours lui parurent tous stupides.

« Vous savez, dit Keisuke à Hisao sur un ton

familier dont il avait le secret, la bigamie est toujours un crime dans la nouvelle Constitution.

— Je suis désolé. »

Dans les yeux de Hisao, brillait une confiance inébranlable en Keisuke. Ce dernier se sentit flatté. Il avait encore des réserves d'indulgence, ce qui est typique d'un homme qui passe son temps à se persuader de ne pas en faire preuve. À vrai dire, perdre cet employé avec lequel il se sentait en phase — cet homme de confiance qui lui donnait l'impression d'être « quelqu'un de bien » — était une chose inconcevable. Et puis, il avait encore plus envie de se sentir « quelqu'un de bien ».

« Si vos sentiments pour Tsuneko sont sincères, dit Keisuke sans rien laisser paraître, pourquoi ne pas vous séparer de Shigeko ? »

Hisao sentit instinctivement que les paroles de Keisuke étaient dépourvues d'ironie, il se mit à raconter dans le détail à son « futur beau-père » qu'en effet Shigeko lui était devenue insupportable et qu'ils n'étaient plus mari et femme que sur le papier. Dès la première année qu'ils avaient passée à Moukden, il n'avait plus su comment combattre ses crises violentes de jalousie, aussi féroces que les griffes d'une lionne.

Si Keisuke s'était autant impliqué dans les problèmes sentimentaux de Tsuneko, c'est que, contrairement aux fois précédentes, elle s'en était ouverte à lui en réclamant son aide. Un soir, avant de se coucher, le père et la fille avaient écouté seuls la radio de l'armée d'occupation américaine, et, quand, leur émission préférée étant terminée, ils eurent éteint le poste, Tsuneko demanda soudain à son père s'il lui était arrivé de tomber amoureux de la femme d'un autre.

« Humm... » Ce n'était pas le sujet de l'amour qui pouvait le démonter. « Tomber amoureux au sens large, ça m'est arrivé très souvent. Mais au sens strict, deux fois. Tu les connais toutes les deux.

— Moi, c'est la première fois. »

Tsuneko rit nerveusement. Il était possible de comprendre que c'était la première fois qu'elle entendait son père parler de la chose. Il avait l'air plus endormi, tandis qu'il répondait :

« Je ne cache rien. C'est simplement parce que tu ne m'avais jamais interrogé.

— Mais non, je parlais de moi.

— Tu es lesbienne ?

— Pas du tout. »

Elle se mit à boire le whisky qu'elle lui avait demandé de lui servir.

« N'en bois pas trop. »

C'est ce qu'il avait pris l'habitude de lui dire car, quand il commençait à boire, Tsuneko avait tendance à l'accompagner sans pouvoir s'arrêter.

« Tu sais, je ne l'ai plus jamais vu boire.

— De qui tu parles ?

— C'est rare chez quelqu'un qui a vécu en Mandchourie.

— Shigeko ?

— Tu es méchant ! »

... Keisuke avait à peu près deviné la vérité. Mais il y allait de son honneur, s'il se montrait surpris en l'apprenant de la bouche de sa fille elle-même. Il fallait qu'il feignît d'avoir tout su d'avance. Cela dit, cette attitude revenait précisément à tout accepter.

« Pourquoi pas Hisao ? Mais il a femme et enfant.

— C'est pour cela que je t'en parle depuis tout à l'heure. Il est prêt à se séparer de Shigeko. Je suis disposée à élever l'enfant.

— C'est complètement fou. Ça devient intéressant. »

Ce soir-là ils discutèrent jusqu'à une heure avancée, mais il sembla à Keisuke que c'était sérieux. Tsuneko et Hisao en étaient déjà arrivés à une conclusion cynique et égoïste : la maison des Kikuchi allant être réquisitionnée, Keisuke achèterait à Hisao la maison des Kawasaki dont, tôt ou tard, ce dernier serait obligé de se débarrasser pour pouvoir payer les frais de succession ; une fois que Keisuke et Tsuneko s'y seraient installés, Hisao procéderait au divorce ; étant attaché à leur enfant, il en aurait la garde, ce qui soulagerait Shigeko et lui permettrait de se remarier ou d'aller dans la région dont son père était originaire. Keisuke s'apprêtait à dire : « Est-ce que ça se passera aussi simplement ? Pour commencer, Hisao déteste-t-il Shigeko autant qu'il le prétend devant toi ? », mais il se retint. La question aurait été indigne de lui. Tout au plus, pouvait-il en sourire. Peu importe la façon dont évoluerait la passion de Tsuneko, il n'y aurait rien à redire tant qu'il pourrait acquérir la maison des Kawasaki. Malgré un tel raisonnement, il ne put s'empêcher d'être préoccupé, si bien qu'il fut plutôt déprimé durant ces quelques semaines où il fit venir tour à tour Tsuneko et Hisao pour sonder leurs véritables intentions. Leurs explications lui semblèrent légitimes, et quant au désespoir inévitable qui serait celui de Shigeko, Keisuke y était aussi indifférent que les deux autres.

« Qu'un amour sincère est puissant ! » s'exclama emphatiquement ce libéral sentimental qui avait reçu son éducation dans les années dix. « Je prie pour que vienne au plus vite le moment où votre amour pourra se montrer au grand jour. Il n'y a rien de plus immoral qu'une vie conjugale privée d'amour. Je me considère différent des autres pères. Vos problèmes, vous allez les résoudre vous-mêmes. Hisao, j'ai beaucoup d'estime pour votre courage et votre capacité d'agir. »

Hisao fut assez surpris, mais Tsuneko était

habituée à ces sermons de son père. Keisuke savait, bien entendu, que l'amour de Hisao n'était pas dépourvu de spéculation sur l'avenir, mais puisque rien n'est plus vacillant qu'un amour sans calcul, il se trouvait au contraire rassuré sur ce point-là. Mais le problème de la maison était prioritaire, et maintenant qu'il avait signé un contrat avec Hisao, à l'insu de Shigeko, il ne restait plus qu'à faire entériner la décision par cette dernière : il comptait évoquer la question, au dîner intime à quatre auquel Shigeko était conviée, au cours d'une conversation légère.

Voilà pourquoi il fallait absolument que Shigeko fût présente au dîner ce soir.

En entrant dans la salle de séjour, Keisuke s'approcha du bouquet de chrysanthèmes que Shigeko venait d'arranger :

« C'est toi qui les as arrangés ? Tu as vraiment du talent. On a l'impression que les fleurs ont été abandonnées au hasard, mais en réalité, d'où qu'on les regarde, leur forme est parfaite. »

À vrai dire, Keisuke n'était en rien un homme de goût. Sa conception de la vie pouvait paraître occidentale : mais elle ne s'était nourrie que du cliquètement de la machine à écrire, du bruit sec d'un chèque qu'on arrache à son carnet, de son gros paquet de cartes de visite de relations, du bilan habilement équilibré des comptes de sa société. Il observait Shigeko avec un regard innocent de chiot. Elle était belle sans aucun doute. Mais c'était la beauté d'une femme dont la confiance en son apparence avait été anéantie par un homme, une beauté insaisissable, une beauté à laquelle plus rien ne s'appliquait. Les cernes noirs de ses yeux clamaient assez nettement sa terrible souffrance. Shigeko avait fini par avoir l'habitude déplaisante de voir les gens comme à travers des paupières mi-closes.

« Il y a sept ans que je n'avais pas vu de chrysanthèmes japonais.

— Ah... oui. »

Keisuke avait la tête ailleurs. Le malheur de Shigeko l'avait rendu couard. Il avait la sensation que le malheur d'autrui était contagieux. Il se levait déjà à demi pour partir :

« Alors, tu viendras ce soir à coup sûr ?

— Oui. Je voudrais apporter de l'alcool. Venez avec moi dans la cave, vous choisirez la bouteille. »

La collection d'alcools occidentaux de Genzô Kawasaki était célèbre. Comme il n'y avait fait goûter que ses amis les plus proches, elle était entourée d'une rumeur mystérieuse.

« Merci. Il faut dire que j'ai vidé tout mon stock avant les bombardements... Si j'avais su, je l'aurais gardé. »

Là-dessus, Keisuke sembla penser à quelque chose.

« Oui. j'accepterais volontiers ta proposition.

Mais la cuisine ne mérite vraiment pas qu'on ouvre une bouteille. L'autre jour, tu m'as servi du Johnny Walker, n'est-ce pas ? Cette bouteille entamée fera l'affaire. Il doit en rester la moitié.

— Oui, elle est restée en l'état. Personne n'y a touché.

— Alors, ce sera parfait. Tu n'auras qu'à me l'apporter, s'il te plaît. »

Avec cette morne conversation, Keisuke manqua de nouveau l'occasion de s'en aller.

Un coup de klaxon et l'insulte qui suivit les firent sursauter. Comme un écolier à la fin d'un cours qui l'a ennuyé, il alla voir par la fenêtre. Il aperçut des enfants qui se précipitaient vers le portail, en exposant dans leur course la plante noire de leurs pieds. Le chauffeur de Keisuke sortit le buste de sa voiture garée sous le porche et se saisit d'un de ces enfants pouilleux. Ce dernier riait en gigotant, et le chauffeur aussi riait en regardant son maître.

« Qu'est-ce qui se passe ? »

Le chauffeur s'était endormi sans s'en rendre compte et les enfants lui avaient joué un tour en klaxonnant. Le chauffeur répondit qu'il avait attrapé l'enfant qui semblait être le meneur.

« Amène-le ici. »

On voyait, même de loin, que les traits de l'enfant s'étaient durcis.

Shigeko s'apprêtait à se lever quand Keisuke, avec un air affairé et un regard rieur, alla prendre un biscuit sur la table avant de retourner à la fenêtre.

« Tiens, dit-il à l'enfant en montrant du doigt Shigeko. Madame te donne une récompense. Elle te récompense pour avoir réveillé le chauffeur endormi. »

Donnant ainsi, sur un coup de tête, le beau rôle à Shigeko, il tendit le bras par la fenêtre au maximum, tout en veillant à ne pas salir la manche de son vêtement neuf de demi-saison, et laissa tomber le biscuit. Mais l'enfant ne comprit pas du tout l'humour des adultes. Il lança un regard hébété vers ce monsieur d'un certain âge. Shigeko eut le cœur brisé devant cette scène pathétique.

Le meneur des petits recouvra tout de même un sourire d'adulte, esquissa une courbette branlante, puis se mit à grignoter sur place le biscuit par petits bouts, pensant probablement que c'était conforme à la bienséance. Le chauffeur le taquina : « Tu m'as joué un mauvais tour et tu y as gagné quelque chose ; tu dois m'en donner la moitié. » Pendant ce temps, deux ou trois enfants qui semblaient s'être tapis dans le buisson de devant pour guetter s'attroupèrent sous la fenêtre. Ils étaient tous affreusement sales. Le visage des enfants qui s'approchaient pas à pas était aussi impassible que raide, au point d'en être effrayant : on n'y reconnaissait nullement ce sourire gêné qu'un enfant d'autrefois aurait affiché. Ils marchaient en silence, comme des chats, pieds nus sur les graviers ronds.

Cette tristesse indicible de leurs traits, Keisuke ne la comprenait ni ne la sentait. La seule chose qui l'intéressait était d'acquérir une popularité auprès de ces nombreux visiteurs souillés pour lesquels il n'éprouvait pas le moindre amour. Il alla chercher à toute vitesse le plateau de biscuits.

« Allons, tendez la main. Un biscuit par tête. Mais quelles mains dégoûtantes ! On se demande si ce sont des pieds ou des mains. Si on les lave, on verra peut-être que ce sont des pieds. »

Il n'oubliait pas de lancer des regards charmeurs en direction de Shigeko.

« Voilà, c'est tout. Remerciez maintenant Madame. C'est elle qui vous a donné ses précieux biscuits. »

Les enfants partis, Keisuke se rassit d'un air satisfait.

« Les enfants sont vraiment adorables. »

Il mentait. Il avait falsifié sa pensée, voulant dire en réalité :

« *Au fond, ne trouves-tu pas que je suis adorable ?* »

... Cette falsification, si infime fût-elle, mit Shigeko hors d'elle. Si ces mots avaient été adressés à son enfant à elle, elle n'aurait pas été en proie à une telle fureur. Mais, dans ce cas, cette bonté veule et éhontée s'était appliquée à quelque chose qui n'avait rien à voir avec Shigeko, et pour cette raison, ce homme s'était révélé en un instant sans écran : du coup, Shigeko avait été obligée de voir, sous sa forme la plus nue, et avec horreur, le mépris que Keisuke éprouvait à son égard, dans toute son étendue muette. Et il fut surpris qu'elle lui rétorquât avec haine.

« Je ne les trouve absolument pas adorables. Ça me déprime, quand je pense que je dois voir ce genre d'enfants même en métropole. J'espérais voir des enfants dignes de ce nom à mon retour. »

Keisuke battit alors en retraite.

« C'est une grave conséquence de la guerre. Mais ce qui est drôle, c'est que les enfants révèlent leur vrai visage à ceux qui les aiment. »

Cela ne fit que redoubler la rage de Shigeko.

« Non, ils ont la mentalité des mendiants. Des adultes sans scrupules en ont fait des gueux.

— C'est possible, mais...

— Où qu'ils aillent, les adultes ne cherchent que les applaudissements. Les enfants le savent : n'ont-ils pas été dressés à applaudir pour faire plaisir aux adultes ?

— Enfin..., fit Keisuke en restant hébété un instant. Tu as des idées bien tordues. »

Il lui fallut du temps pour comprendre que ces mots de Shigeko avaient touché l'endroit le plus sensible. Tout comme un blessé commence à souffrir avec retard.

Bien qu'il fût accablé d'un accès de sensiblerie en constatant que son élan de bonté pure avait été trahi, Keisuke ne négligea pas d'affiner sa contre-attaque.

« Le débat commence à se corser. Tu m'as vaincu... Je déclare forfait. »

Ses yeux s'étaient chargés de tristesse comme pour appeler la compassion. Cela ne pouvait qu'attendrir le cœur de Shigeko et elle s'en sentirait désolée. Mieux valait attendre ce moment pour l'attaquer plus efficacement en la prenant au dépourvu. Mais Shigeko restait toujours insondable. Keisuke finit par oublier sa réserve habituelle.

« Shigeko, avec toi, je me sens complètement futile. Pourtant je me vante d'être un père très compréhensif. Je tolère les amours de ma fille, même celles que des parents moyens ne toléreraient pas. C'est parce que je place une confiance absolue en ma fille. Par exemple (Keisuke s'agitait avec gêne sur sa chaise), j'ai deviné que le voyage de ma fille avait la même destination que le voyage d'affaires de Hisao. Mais, en tant que père, je n'ai rien à reprocher ni à ma fille ni à ton mari. »

Il scruta le visage de Shigeko, comme pour mesurer l'effet de ses paroles.

« Car je place une confiance absolue en ma fille.

— Pourquoi son voyage... »

Elle pensait se montrer ironique, mais sa voix tremblait trop pour le lui permettre.

« ... devrait-il avoir la même destination que celui de mon mari ? N'est-il pas honteux de seulement l'imaginer ?

— Mais j'ai vu de mes propres yeux le télégramme que Tsuneko avait chargé la bonne d'envoyer à l'hôtel de Hisao.

— Je ne le crois pas !

— Mais ne rien vouloir croire, ce n'est pas ça, l'amour. Admettre le désintérêt de son mari conduit parfois à douter de son propre amour. En ce monde, croire seulement en l'amour est un doux rêve. Passe encore s'il s'agit d'un amour réciproque, mais si l'un n'est pas aimé par l'autre... »

Shigeko gardait la tête baissée. On aurait dit qu'elle s'était assoupie. Alors, curieusement, Keisuke eut la pulsion soudaine de susciter de la pitié chez cette femme qu'il venait de blesser autant qu'il l'avait souhaité.

« Je n'ai pas eu de naissance un cœur cruel, dit cet homme solitaire, en larmes. La tristesse que mon cœur éprouve en ce moment même a plusieurs fois failli me déstabiliser. »

Shigeko se leva. Elle se couvrait totalement le visage de ses deux mains. Elle sortit de la pièce.

La porte se referma. Ses sanglots longs et sinistres s'éloignèrent.

Keisuke s'approcha de la fenêtre, pour appeler son chauffeur d'une voix claire et timbrée.

« Je m'en vais ! »

Puis, dans la somptueuse lumière du matin qui entrait par la fenêtre, il fit sauter, d'une chiquenaude, un petit fil sur sa manche. Le fil dansa pendant un moment comme un animal minuscule dans un halo doré et brillant.

4

Lorsque trois coups de sonnette retentirent à l'entrée, à l'approche de midi, Katsu dut abandonner son passage favori dans *La vaillance et le charme* de Kôroku Satô, passage dont elle ne se lassait jamais — *Surprise, Yasué accourut pour le retenir par la manche. « Qu'allez-vous faire ? demanda-t-elle affolée. — Lâche-moi, fit-il, je vais massacrer Yumihiko ! — Ne vous laissez pas piquer au vif ainsi. Attendez un instant, je vous en prie. » Tandis qu'il la repoussait violemment, elle mit toute sa force à...* —, et elle se leva vigoureusement, puis hésita. En un tel moment, le comportement de Katsu était pareil à celui qu'elle avait autrefois, quand, lors des garden-parties organisées sur la pelouse, ou, sans aller jusque-là, à l'occasion de dîners pour plus de dix invités, elle dirigeait cuisiniers, bonnes et servantes, veillant à ne pas laisser refroidir la soupe ni fondre la glace. Alors, même les extras qui les aidaient semblaient bomber le torse, d'un air empli de morgue, qui clamait : « Je suis très occupé », et, tout essoufflés, se bousculaient dans le couloir avant de se répéter de bons mots, imitant aussitôt dans la cuisine le tic bizarre d'un invité pour en rire, quitte à casser une petite assiette de valeur, et menant toute cette agitation dans une sorte d'atmosphère somnambulique. Depuis ces brillantes soirées de banquets, elle n'avait guère changé quand, dans un souci de compassion pour un incident familial, elle déployait tous ses talents de stratège, ne fût-ce qu'en entendant retentir une sonnerie. Dans les deux cas, elle réagissait avec ce visage presque outrageusement sérieux propre aux âmes compatissantes.

La sonnerie de la porte d'entrée avait un son légèrement plus doux et mélancolique que celle du portail du jardin. Trois coups annonçaient Hisao. Quelque temps auparavant, Shigeko avait demandé à Katsu de rester à la maison toute la journée. Cette dernière avait même cédé à Yokoi les cinq heures de repos qui lui permettaient de rester à l'école maternelle après qu'il avait accompagné Chikao, et elle avait accepté d'accueillir, pendant ce temps, les visiteurs, ce qui aurait été la tâche normale de l'intendant. Elle n'avait aucune hésitation pour se précipiter vers le vestibule et accueillir Hisao à son retour, mais, en revanche, elle s'inquiétait de savoir quel déjeuner préparer pour le maître de maison, soudain revenu : elle-même avait déjeuné à onze heures et demie et n'avait pas à cuisiner pour Shigeko qui ne se sentait pas bien. Le retour inopiné de Hisao, en présence de Shigeko qui avait éclaté en sanglots inexplicables après la visite de Keisuke Kikuchi, avait, en effet, suscité en elle divers sujets d'inquiétude.

Comme il ne voyait encore personne venir l'accueillir, Hisao regardait à l'intérieur de la maison par la fenêtre en treillis, d'un côté de l'entrée. La vieille servante l'aperçut, le dos tourné à un buisson lumineux, les épaules secouées d'un rire joyeux et ses dents d'or brillant dans son sourire.

« Bonjour... Merci bien... »

Katsu n'avait pas encore ouvert la porte ajourée que Hisao s'empressait de lui adresser ces mots de remerciement.

« Monsieur a fait bon voyage ?

— Oui. Merci de vous être occupée de la maison pendant mon absence. »

Quoiqu'elle se sentît l'alliée de Shigeko, un tel déploiement de gratitude l'embarrassa et elle chercha presque à lui arracher des mains le sac de voyage.

« Non, ça ira. Je n'ai pas encore l'âge de vous laisser porter mon bagage. J'espère que Chikao va bien. Il va toujours bien à l'école ? Ah, avec Yokoi ? (Tout en parlant, il s'apprêtait à monter l'escalier.) Je meurs de faim. Le train était si bondé que je ne pouvais ni faire un geste ni fumer : j'ai fait tout le voyage debout à partir de S. Prévenez-moi dès que le repas sera prêt. Je serai dans mon bureau. »

... Quand le repas fut terminé et que Katsu se fut retirée, Hisao entendit Shigeko approcher par la galerie extérieure. Il supportait mal que sa femme apparût de cette manière, indépendamment du fait qu'elle l'aimât ou non. Elle qui était censée le haïr apparaissait ainsi soudain devant lui comme une geisha qu'on avait sollicitée. Il ne quitta pas des yeux le journal qu'il avait déplié devant lui, sur le sol de la véranda.

« Tu es rentré bien brusquement.

— Oui, le patron m'a envoyé un télégramme. »

Ils s'observèrent, telles deux femmes qui viennent de se rencontrer par hasard. Comme Hisao avait une affaire urgente avec Keisuke, il s'était rendu directement au bureau, mais il ne l'y avait pas trouvé et avait pu le rejoindre dans une société de distribution de films étrangers. C'est là qu'il avait appris l'embrouillamini qui venait de se produire entre Shigeko et Keisuke, mais ce dernier n'avait fait aucune allusion à ce qu'il avait dit de la liaison de sa fille avec Hisao, si bien que, à présent, Hisao ne voyait dans le maquillage soigné de sa femme qu'une insistante coquetterie. Il ignorait que ce maquillage était une façon de jeter un maléfice.

Les yeux de Shigeko avaient tissé un filet effrayant. Ils étaient prêts à capter le moindre indice trahissant l'homme qui venait de quitter une femme, quelque chose comme une douceur langoureuse, comme une braise, comme un sentiment fiévreux. Mais il était impossible que la fatigue chaotique de son voyage en train n'eût pas estompé ces impressions subtiles.

Hisao était le genre d'homme à devenir terriblement maladroit dès que ses passions ne s'exerçaient plus d'une façon ou d'une autre. Plus il se montrait froid à l'égard de Shigeko, plus elle se laissait attendrir par sa gaucherie qui ressortait alors. C'était un amour tragique et marqué de contradictions. Si une femme qu'il avait séduite avec un art consommé, mais pour laquelle son amour s'était refroidi, eût été témoin de l'habileté avec laquelle il avait laissé pourrir la situation, elle en aurait éprouvé une telle désillusion que la séparation n'en aurait été que plus aisée. Mais la maladresse inattendue l'empêchant de surmonter les obstacles qui accompagnaient le refroidissement de ses sentiments réveillait en elle un autre type d'amour, celui-là maternel, qui rendait la séparation encore plus difficile. Le cas de Shigeko était proche de ce schéma. Et les pièges déraisonnables de l'amour ne pouvaient que provoquer une blessure encore plus grave et une mort douloureuse.

« M. Kikuchi est venu tout à l'heure.

— Je l'ai vu. Tu l'as mis de mauvaise humeur. Il paraît que tu as dit des choses déplaisantes. Ça m'ennuie que tu agisses ainsi. »

Il sembla à Shigeko que, si Keisuke était allé jusqu'à ce reproche, il aurait *a fortiori* avoué qu'il avait commis l'erreur d'évoquer la liaison de sa fille devant l'épouse de son amant. Si donc Hisao disait tout cela, c'était ou bien par forfanterie pour cacher son embarras, ou bien pour prendre les devants.

« Pourquoi cela t'ennuie-t-il ?

— Parce qu'il mérite des égards.

— C'est ton futur beau-père évidemment !

— Que racontes-tu ? »

Shigeko posa ses beaux yeux sombres sur son mari. Elle s'était, par obstination, imposé la règle de dissimuler ses larmes à un mari qu'elle avait cessé d'aimer, mais ne put s'y tenir. Peut-être que la maladresse avec laquelle il feignait l'ignorance avait réveillé ce tragique amour-là et l'avait autorisée à verser des larmes.

« M. Kikuchi m'a humiliée d'une façon qui aurait fait perdre toute force de se relever à la plus courageuse des femmes. Il m'a dit, dans le seul but de me blesser, que Tsuneko et toi vous vous aimiez et que vous étiez partis en voyage.

Tu affirmais que l'homme, en dehors de chez lui, se battait avec une épée : beau combat, en effet ! Moi, je trouve qu'il vaut mieux combattre trois fois qu'accoucher une seule fois. »

Hisao était opiniâtre : les larmes d'une femme qui n'aime pas n'avaient pas la force de l'émouvoir. Il sentait simplement que ses épaules étaient libérées de leur fardeau, maintenant que Keisuke avait révélé à Shigeko par mégarde sa liaison avec Tsuneko. Il ne chercha même pas à le nier pour la forme, comme on était en droit de l'attendre d'un mari. Il ne se rendait pas compte que la paresse complète qui l'empêchait de protester risquait de passer aux yeux d'une femme pour une sorte d'excessives privautés.

« Je ne sais pas ce qu'a raconté mon patron, mais si je ménage ses sentiments, ce n'est pas pour ça, mais à cause de cette maison. Tu sais très bien que la maison de M. Kikuchi va être réquisitionnée. La nôtre, il faudra de toute façon s'en débarrasser, terrain compris, pour pouvoir payer les frais de succession. Il n'y aura pas de meilleur acquéreur que lui.

— C'est ma maison. Jamais je ne la lui vendrai. Il est vrai que si nous la vendons, nous serons bien obligés de quitter les lieux. Si l'acquéreur est un inconnu, nous partirons tous ensemble. Mais si c'est M. Kikuchi, il n'est déjà que trop évident que moi seule serai mise à la porte comme une va-nu-pieds. Et, toi, tu vas rester dans cette maison, n'est-ce pas ?

— Mais qu'est-ce que tu racontes, Shigeko ?

— Non, je ne la vendrai pas... ah ! fit-elle en fixant le visage de Hisao, avant de reculer légèrement. Ce visage-là, je comprends. Tu l'as déjà vendue !... sans me consulter... la maison de papa ! »

La jalousie démultiplie la perspicacité. Hisao se sentit désemparé. Il avait déjà connu une première fois cet instant abominable.

... Digne d'être la fille de Genzô Kawasaki, qu'on appelait, dans la force de l'âge, le « nouveau soleil du milieu des affaires », cette fille adorée du soleil possédait une lumière capable de s'infiltrer dans les moindres interstices du cœur et une chaleur intense capable de dessécher les plantes. C'était surtout à Moukden, juste après la guerre, que Hisao avait connu cet instant abominable où une flamme léonine avait traversé les prunelles de Shigeko. C'était un secret que lui seul, en dehors d'elle, connaissait. À part les quelques mois qui avaient suivi leur mariage, cela avait été leur période de plus grande intimité. À Moukden après la guerre, où l'ambiance les attirait corps contre corps, se confondant avec un désir désespéré de survie, même Hisao n'avait plus la possibilité d'être volage. Dès la fin de la guerre, ils avaient commencé à vendre leurs affaires pour vivre et ils allaient travailler ensemble dans un magasin de produits occidentaux tenu par un Chinois dans l'une des artères commerçantes de la ville, mais les soins amoureux de Shigeko avaient enrichi cette existence. Le soir venu, quand ils rentraient au foyer, épuisés par ce travail commun, au moment où Shigeko se changeait près de la cheminée, il était arrivé à son mari de laisser la marque de ses jeunes dents sur la chair lisse des épaules rondes que la combinaison dénudait.

Un matin, Hisao l'accompagna dans le logement de son frère qu'ils n'avaient pas vu depuis longtemps. Il y avait un attroupement à l'entrée et une bonne, Russe blanche, debout sur le seuil, racontait l'incident dans un japonais étrange. Elle disait que le frère de Shigeko avait été enlevé par l'armée soviétique à la première heure : son statut confidentiel de lieutenant des Services secrets ayant été découvert. Puisque tous les documents sur les secrets militaires avaient dû être brûlés à la fin de la guerre, c'était forcément la délation d'un Japonais qui était au courant de ce fait. À l'époque la délation était fréquente et les Japonais se soupçonnaient mutuellement.

Shigeko se contenta d'opposer une mine sombre de circonstance, en accord avec les murmures inquiets des badauds. Les moindres objets présentant un intérêt avaient été pris et la visite fut terminée quand ils eurent fait un tour dans la pièce vide de son frère. Ils ne trouvèrent aucun message de sa part.

Mais pendant qu'ils descendaient, en direction de la ville, l'escalier de pierre où la neige avait été déblayée sommairement, Shigeko avait la tête baissée, et Hisao comprit que c'était pour dissimuler un sourire satisfait qu'il devinait sur ses lèvres.

« Qu'y a-t-il de si drôle ? »

Elle leva la tête et, en effet, avait un sourire serein. Mais Hisao vit dans ses yeux palpiter un éclat noir.

« On dirait qu'il y a quelque chose.

— C'est moi qui l'ai dénoncé.

— Toi ! » s'écria-t-il. Mais il ne douta pas. S'il ne croyait pas ce fait en apparence invraisemblable, alors le frisson qui le parcourut quand il perçut l'éclat des yeux de Shigeko pouvait, lui aussi, être faux. Il crut tout, comme quelqu'un qui assiste à un accident de voiture en plein jour.

« Bien sûr... Tu en es capable.

— Ne t'inquiète pas : mon frère ne reviendra plus. Aujourd'hui ou demain, il sera conduit dans un terrain vague discret, et un peu plus tard les riverains entendront un bruit qu'ils prendront pour un exercice de tir. Nous n'aurons plus à voir ses yeux de merlan frit. On va se régaler en son honneur ce soir tous les deux. Après le travail, on fera les courses au marché, d'accord ? »

Le frère de Shigeko haïssait Hisao. Il s'était montré extrêmement méprisant quand ils s'étaient mariés. Après la guerre, le couple avait rétabli avec lui une relation, du moins pour la forme, mais il n'avait pas cessé de laisser percer une grossière ironie dans son attitude taciturne et revêche, morgue fréquente chez les militaires. Il disait : « Ce sera amusant, une fois qu'on sera de retour à la métropole. » Il comptait mettre à la porte Hisao, une fois rentré, et remarier Shigeko à un vieux riche lubrique, pour la punir d'avoir épousé un homme d'origine douteuse. Ils étaient, pourtant, authentiquement frère et sœur, nés de mêmes parents. La haine mutuelle que se vouent un frère et une sœur, comme cela se produit souvent, naît du lien du sang lui-même et c'est précisément vers ce lien qu'elle se retourne.

... En cet instant, Hisao goûta de nouveau cette chose horrible qu'il avait décelée autrefois dans son sourire serein et le sombre éclat de son regard. Faute de mieux, il s'abandonna à une remémoration mécanique, comme toujours, en espérant qu'en parlant il atteindrait à la vérité de son cœur.

« Malheureusement, je n'ai pas aimé une seule femme. Il m'est arrivé de ressentir le besoin d'aimer. Mais pas une seule fois, je n'ai ressenti le droit d'aimer. À dire la vérité, toutes les femmes que j'ai rencontrées m'ont rappelé ce devoir d'aimer. Toi aussi. Mais, toi non plus, tu ne m'as pas rappelé le droit d'aimer.

— Quelles inepties !

— J'admets t'avoir trompée. Mais on peut dire que cette trahison ne m'a jamais fait éprouver la saveur de l'adultère. Les amours ne m'ont jamais rien enseigné que le plaisir moral et mesquin d'avoir "accompli un devoir". Si ce n'était que cela, mieux valait connaître le plaisir d'un hypocrite. Je ne suis capable que de bonnes actions médiocres et insipides. Il est tout à fait déplacé de ta part d'être jalouse de moi.

— Je n'ai pas la moindre envie d'entendre de telles échappatoires. On a déjà dépassé la question de savoir si on aime ou pas. Maintenant ce n'est plus qu'une question négligeable.

— Tu mens ! »

Sans s'en apercevoir, Hisao s'était assis dans un coin de la véranda et s'amusait du contact de ses pieds avec les socques. Et là-dessus, il alla dans le jardin, avec l'ombre d'un sourire affranchi, comme un jeune garçon sûr de son fait. Dans ce coin du jardin, on n'avait pas cultivé la terre, et la mousse, brûlée par la lumière d'été, s'était détachée et avait roussi. En levant les yeux vers le faîte des arbres qui retentissaient de chants d'oiseaux et où s'enchevêtraient des fils impalpables de lumière, il s'écria :

« Quel beau temps ! » Ni les ennuis du foyer, ni les soucis du bureau, ni le souvenir pénible du rapatriement ne parvenaient à jeter une ombre sur ses pensées lumineuses, détendues et insouciantes qui dominaient déjà toute une part de son esprit. Le désir juvénile du statut social, de la célébrité ou de l'argent ne prenait pas un aspect agressif, comme chez les jeunes gens de la métropole, mais donnait lieu à une poésie du monde symbolique, comme au paradis des idiots où les gens procèdent à un habile partage du temps entre les travaux sérieux et le divertissement stupide qui permet de se goinfrer et de rire toute la journée. Chez lui, il n'y avait ni idéologie ni philosophie alambiquée, mais l'angoisse profonde dans laquelle se trouvait Shigeko paraissait à ses yeux dépourvue de valeur et, en tout cas, à supposer qu'il en fût responsable, voilà qui exigeait d'autres circonstances pour en débattre. Elle prétendait ne pas pouvoir dormir. Mais, puisqu'elle était en vie, elle devait avoir dormi quelques heures. Elle prétendait ne plus pouvoir boire d'eau. Mais, on ne vit pas sans boire. Étant donné que les femmes n'avaient pas suscité en lui le droit d'aimer, elles ne devaient pas lui attribuer, à cor et à cri, toute la faute de ne pas les aimer, quand elles ne l'étaient plus. Il lui semblait que Shigeko oubliait de *vivre*, du moins de la façon dont il l'entendait.

« Vu d'ici », dit Shigeko, sur la véranda, comme un enfant qui retient sa mère sur le point de sortir de la chambre où elle le croit endormi, « tu ressembles étonnamment à mon frère.

— C'est normal, répondit-il en arrachant sans égard une fleur de lespedeza pour la rejeter aussitôt. Je porte un vêtement de ton frère. Eh bien, vue d'ici, toi, tu ressembles à une lionne en cage. Avec l'effet de la lumière, tes cheveux ressemblent à une crinière. »

Sans répondre, Shigeko, d'un geste soudain et léger, leva sa main blanche pour lui faire signe d'approcher.

« Viens donc, j'ai quelque chose à te dire.

— Que me donneras-tu pour ma peine ? demanda-t-il sarcastiquement comme un jeune homme qu'une femme mûre voudrait apprivoiser.

— Quelque chose de bien. »

Elle se leva pour aller chercher une poire.

Hisao avait déjà expérimenté plusieurs fois ces façons primesautières d'une femme résolue. En s'approchant d'elle, il se demanda si le besoin d'en finir avec tout cela viendrait assez rapidement maintenant.

« Eh bien..., je n'ai qu'une question et je serai comblée d'entendre la réponse. »

Elle se pencha, exagérément pour peler une poire, mais seule sa voix était douce et haut placée.

« Je me satisferai d'un oui ou d'un non. Si

j'entends la réponse, je ne t'importunerai pas davantage. Je t'en prie, dis-moi la vérité.

— Je te promets, mais donne-moi vite la poire.

— Eh bien... hier soir, à l'hôtel de S., te trouvais-tu avec Tsuneko ?

— Tu seras satisfaite si je te dis oui. Si je te dis cela, tes problèmes seront-ils résolus ? Ah, c'est ça la vie conjugale ! (Il prit un malin plaisir à grimacer.) L'important pour toi, n'est-ce pas ? devrait être de savoir si j'aime ou non Tsuneko. En comparaison, qu'est-ce que le fait de passer une nuit ensemble à l'hôtel ?

— Il ne s'agit pas d'amour, mais pour une femme les faits sont plus importants.

— Parfait, je te répondrai quand tu m'auras donné la poire. »

Il prit un gros morceau de poire, qui gonfla ses joues, en déformant excessivement son expression. Puis il fixa éhontément le visage de sa femme, tandis que des gouttes tombaient dans son assiette. Pour sa part, Shigeko, avec le geste pesant de quelqu'un qui est conscient d'être vu, posa le couteau en inoxydable brillant et humide d'un jus à demi transparent, rangea le mouchoir avec lequel elle s'était essuyé les mains ; ajusta son col du bout des doigts, sans savoir pourquoi. Comme si un frisson l'avait soudain parcourue.

Hisao, après s'être essuyé la bouche avec un

mouchoir, se pencha en avant, comme un enfant voulant parler trop vite.

« Oui, j'ai passé une nuit avec Tsuneko. »

Hisao sentit que quelque chose s'effondrait quand Shigeko lança vers lui un regard perçant. Elle marmonna à voix basse. Elle appuya le bras droit contre le sol de la véranda dans une position si malcommode qu'elle semblait souffrir et ne bougea plus. Le temps qui s'écoula alors parut même à Hisao insupportable et aussi pesant que le choc de blocs de glace qui dérivent lentement.

« Merci, tes mots ont ranimé en moi la force de vivre. Cette fois-ci, j'ai acquis une force qui me permettra de résister à tout...

— Oui. Il faut absolument que tu sois solide. C'est exactement ce que je désire. »

Ces propos cyniques que Hisao s'était hâté de prononcer sans regarder le visage de Shigeko, c'était plutôt elle qui y prêtait attention en se demandant s'il n'avait pas perdu la raison. De même qu'il avait peur d'avoir la disponibilité d'esprit qui lui aurait permis de la consoler, de même il se démenait, de toutes ses forces, pour empêcher son cœur d'être affecté par l'aspect tragique de la scène qui se déroulait devant lui.

« En tout cas, ce soir, on va s'amuser comme des fous chez les Kikuchi. Je ne vais pas tarder à devoir repartir. On ira chez les Kikuchi chacun de son côté. »

Lorsque, vers deux heures, il se prépara à sortir, Shigeko l'accompagna à l'entrée, d'un air radieux, tenant par la main Chikao qui était rentré de l'école maternelle où il avait déjà déjeuné. Si le commandant Aigeus était, en principe, l'invité de Shigeko, le maître de maison Hisao aurait dû normalement être là pour l'accueillir, or il ne pouvait absolument pas se permettre de modifier son emploi du temps, car il se rendait à l'Agence civile de l'Information et de l'Éducation : il revenait donc à Shigeko de s'en charger seule.

À son habitude, Hisao entraîna son fils jusqu'au portail.

« Chikachan, tu aimes l'école ?

— Oui, c'est mieux que la maison. »

Hisao perçut une hostilité invisible et lâcha la main de l'enfant.

5

Il était juste trois heures de l'après-midi, heure où la lumière gagne en transparence et le contour des objets en douceur, quand l'Oldsmobile bordeaux, modèle de l'année 1946, entra, glissant sur les graviers ronds en produisant un bruit d'averse. Le commandant Aigeus était un Américain d'origine irlandaise : c'était le fils d'un honnête enseignant chez qui, par l'intermédiaire d'une connaissance commune, la mère de Shigeko avait logé lors de ses études à l'étranger. Aigeus, alors âgé de sept ans, s'était beaucoup attaché à cette pensionnaire venue d'Orient, au point que, lorsqu'elle avait dû repartir pour le Japon, « il s'était agrippé à ses jupes et avait versé des larmes grosses comme des bonbons », d'après les souvenirs que l'intéressée devait rapporter à maintes reprises : cela l'avait tant attendrie qu'elle avait même envisagé de renoncer à son départ. Elle avait toujours dit que l'enfant avait des cheveux ondoyants, mais aussi noirs que ceux d'un Japonais, et sa fille avait pu le vérifier quand, peu de temps après la mort de son père, il était venu les voir au Japon. Il avait récemment invité Shigeko et son mari à prendre le thé et, comme elle avait appris que le commandant manifestait un intérêt profond pour la cérémonie japonaise du thé, elle avait pensé, pour l'en remercier, à l'inviter au pavillon du thé de chez Kawasaki. C'était précisément ce jour-là. La veille déjà, elle avait été prévenue qu'il viendrait seul car sa femme était enrhumée.

Le pavillon de thé, qui se trouvait dans un coin du jardin, avait été bâti comme une réplique exacte du célèbre pavillon de thé Fushin-an de la famille Omotesenké de Kyôto, auprès de laquelle Genzô Kawasaki, dans ses dernières années, s'était formé. Elle avait craint que le lieu de la cérémonie ne fût trop exigu pour la stature du commandant Aigeus, et, en effet, après s'être faufilé difficilement par la petite entrée, il semblait se sentir à l'étroit à l'intérieur du pavillon. Sur l'insistance de Shigeko, il finit par allonger les jambes et se tapota les mollets d'une main, où brillait une grosse bague dorée :

« Malheureusement, si mon cœur comprend la cérémonie du thé, mes jambes ne la comprennent pas...

— S'il y a compréhension du cœur, le but de la voie du thé est atteint. »

Avec l'anglais de Shigeko, la conversation risquait de devenir laconique.

Mais après l'avoir rencontré deux ou trois fois, Shigeko avait compris que ses dispositions généreuses et libres incarnaient exactement l'esprit de la voie du thé. Tout américain qu'il était, il était doté d'une personnalité profonde et nuancée, digne d'un Celte, et sa femme était tout aussi calme et noble : son maquillage n'avait rien de voyant et son état d'esprit discret se manifestait en douceur.

Quand Shigeko eut reposé la louche et qu'elle en eut fini avec les gestes préliminaires, elle s'enquit de la santé de la femme d'Aigeus, non sans avoir, auparavant, pris quelques précautions oratoires, car il n'était pas de mise, dans une cérémonie de thé, d'aborder ce genre de sujet, mais, disait-elle, elle préférait converser librement avec lui, ce jour-là.

« Depuis que nous sommes au Japon, elle va très bien. Ce rhume est une véritable exception. C'est comme un passage de typhon. »

Le commandant Aigeus se montrait spirituel, mais ses yeux, châtains, colorés par la lumière pénétrante qui venait de la fenêtre, manifestaient une certaine mélancolie.

« Mais, poursuivait-il, il est triste que ma femme n'arrive pas à être enceinte. Je l'ai fait venir au Japon dans l'espoir que le changement de lieu et de climat pourrait influer sur sa constitution et faciliter une grossesse. Pour commencer, le Japon a un taux de natalité élevé. »

Il semblait sérieux.

« Vous vous sentez mal ? » demanda-t-il, en posant ses doux yeux sur elle.

C'était un regard enveloppant, qui étendait sa lumière généreuse. Aussi vaste qu'une plaine baignée de soleil.

« Je crois que votre visage est chargé d'une grande tristesse.

— Écoutez-moi, monsieur Aigeus, dit-elle d'une voix grinçante et sur un ton de confession, sinueux, où un mot avale le suivant, comme un mouvement de nage. Personne n'est plus infidèle que mon mari.

— Que racontez-vous ? D'où vous vient cette tristesse ? Parlez-moi franchement.

— Hisao ne s'est jamais tourmenté à mon propos. Il n'a fait que m'humilier.

— Soyez plus claire, madame, plus claire.

— Hisao en aime une autre et il a vendu cette maison au père de sa maîtresse.

— Je ne peux pas croire qu'il ait commis un tel forfait.

— Écoutez, cet homme qui m'aimait tant jadis me bafoue. Je n'ai plus d'endroit où aller. Si j'arrive à mettre à exécution mon projet, est-ce que vous pourrez m'aider à me faire accueillir dans votre pays ? »

Seul cet étranger pouvait comprendre correctement sa souffrance. Il ne s'agissait pas d'une simple jalousie, c'était la volonté qui la poussait à accomplir un acte de vengeance, entendant obtenir ainsi la preuve qu'elle existait. En tout cas, le commandant éprouvait un vague pressentiment néfaste. En signe de compassion, il se contenta de dodeliner de la tête.

Cela dit, pour le commandant Aigeus, que le « délire » ait apporté, selon Platon, « le plus grand des bienfaits » en Grèce ne pouvait être qu'un paradoxe déconcertant. Aux yeux d'Aigeus, la souffrance offrait malgré tout une chance d'avoir une vie plus riche, voire d'entrer en religion.

« Quel pays pourrait vous chasser ? Jamais je n'aurais la nationalité d'un pays où votre légitime volonté passerait pour un mal. Mais, madame, votre souffrance ressemble à une saison. Elle est comme l'été violent. La sécheresse de l'été promet la moisson d'automne. Chaque épi de riz s'imagine être brûlé par le soleil violent, tout comme chaque être humain, en vérité. En cette saison, tous les hommes deviennent malheureux. Votre souffrance n'est qu'une forme du malheur qui attend sa moisson.

— Mais cette souffrance est la mienne. Elle n'appartient à personne d'autre.

— Vous ne devriez pas sacraliser votre propre souffrance.

— Autant me dire : “Ne vis pas !”

— Madame, commença-t-il en indiquant du doigt le jardin d'automne où bruissait la rumeur lointaine et à peine perceptible de la ville, et où, sous les frondaisons qui se balançaient doucement, un reste de parfum de feu de bois flottait toute la journée. Regardez. La lumière d'automne brode en splendeur tous les arbres du jardin. Le ciel limpide, d'un bleu intense et profond, inspire au cœur des hommes sérénité et harmonie. Les oiseaux chantent et les montagnes japonaises ont commencé à rougeoyer. N'entendez-vous pas l'écho des marteaux de l'âme qui bâtissent une architecture immatérielle ?

— ...

— Dimanche prochain, ma femme vous proposera une promenade en voiture. Je ne doute pas qu'elle puisse être une bonne consolatrice pour vous. »

6

Shigeko sentait que la lumière du crépuscule déposait sur son visage un maquillage spectaculaire. Elle prit alors conscience du temps qu'elle avait passé, ainsi absorbée dans ses pensées. Elle était prostrée à la table depuis une petite heure. Le crépuscule de ce jour-là, qu'elle voyait par la fenêtre, était comme un paon flamboyant qui déployait sa queue sur tout le couchant.

Lorsqu'on décide de tuer, on s'accorde toujours ce moment de réflexion. Mais à quoi cela sert-il pour la décision ? Tout comme un candidat au suicide qui hésite, il s'agit, en atermoyant le plus possible, de mettre à exécution son projet en comptant sur l'inconscient ou le hasard. Chez Shigeko, c'était différent. En la réalisant, elle allait en finir avec une idée depuis longtemps familière, celle de « faire souffrir son mari », mais, auparavant, elle voulait savourer, une dernière fois, le plaisir d'une projection imaginaire conçue dans ses moindres détails.

Keisuke, le visage radieux de bienveillance, s'exclame d'admiration devant la bouteille de whisky qu'il a prise. Ah, quelle élocution mielleuse ! Il prononce quelques mots d'ironie condescendante sur Shigeko qui est absente. Quel délicieux amuse-gueule que l'ironie. En particulier, pour accompagner un alcool occidental au degré d'alcool élevé. Chez lui, il y a un mépris superficiel pour les souffrances en général. Un mépris profond serait acceptable. Mais il était aussi plat qu'une assiette occidentale. Il est comme un coiffeur maladroit. Il n'oublierait pas une blessure qu'un collègue lui aurait faite avec une lame, même au bout de dix jours. Mais celle qu'il cause à un client, il l'oublierait en cinq minutes. Il rit beaucoup. Mais c'est un rire dépourvu de signification. Son rire est totalement dépourvu de malice. Quand on entend son rire, on constate qu'il n'est pas vraiment éloigné des pleurs. En fait, il est incapable de rire véritablement, ce qui ne l'empêche pas de vivre. Ce serait bien si ceux qui ignorent totalement la volonté tragique du mal (c'est-à-dire le mal lui-même) disparaissaient de la terre. Combien la terre gagnerait en lumière, si cette bonté s'anéantissait.

« Sers-m'en, à moi aussi, papa.

— Alors rien qu'un peu. Et Hisao qui ne boit toujours pas. Si tu épouses cette demi-portion, Tsuneko, il en ira de l'honneur de ton père. »

Avec cette plaisanterie purement rhétorique d'un père compréhensif, il remplit le verre de Tsuneko puis le sien. Tsuneko le boit cul sec et, en frappant légèrement sa poitrine avec un mouchoir chiffonné entre ses doigts, murmure en riant : « Ça brûle !

— Qu'est-ce que tu as ? demande Hisao.

— J'ai mal au cœur », répond-elle.

Quand Hisao tend la main pour effleurer ce cœur, Tsuneko, avec une expression soudain sérieuse, saisit fort les doigts de Hisao. Ses doigts sont recourbés et tremblants. Elle le fixe d'un regard impassible de lapin. Elle découvre les dents. Elle laisse apparaître la langue à travers les dents. Soudain son corps chancelle et tombe à la renverse.

Le corps glisse de la chaise et s'écroule par terre. On va maintenant entendre la vraie voix que cette femme a pris soin de dissimuler de son vivant. Des grognements lui échappent. Elle se frotte les seins, les joues et le buste contre les pieds de la chaise et de la table, comme un chat. Le fond de teint pâle dont elle s'est enduit le visage lui sied à merveille. Sa tête cogne contre le sol avec un fracas effrayant. Ses cuisses blanches rampent en formant des mouvements d'araignée. La sueur qui ruisselle à flots est d'une ahurissante tranquillité.

Son père, de l'autre côté de la table, est en train de danser la même danse avec frénésie. Ses gémissements sont aussi dépourvus de sens que son rire. Il fait peine à voir dans le rôle de « l'homme qui souffre », rôle qui ne lui va guère.

Il s'échine à cligner de ses yeux de chiot, mais au fond que voit-il ? Il ne voit même plus sa propre souffrance. Puis il éructe un épais crachat sanglant, semblable à un bloc de bonté, avant de s'endormir. Il a enfin compris que, sinon, le repos lui était interdit à jamais.

Ainsi Shigeko pouvait-elle clairement imaginer les effets du poison. Elle avait fini par oublier pourquoi et dans quel but « faire souffrir son mari » ; elle avait l'impression d'avoir eu cette pensée dès la naissance. Cela avait ainsi rendu possible son autonégation. Ses scrupules moraux s'étaient effondrés, eux aussi, devant cette autonégation qui avait une structure tout à fait semblable à celle de l'amour. Pour faire souffrir son mari, elle ne devait regretter aucun sacrifice du plaisir (y compris celui que son mari lui donnait toujours sous certaines formes). Cette attitude ressemblait à un principe moral, car elle piétinait sans crainte ses désirs naturels.

Mais, vue sous certains angles, cette façon insolente que Shigeko avait de vivre était peut-être la moins risquée. Ce qui était dangereux, n'était-ce pas, plutôt, la pensée du « bonheur » ? C'était bien cette pensée du bonheur qui apporte la guerre en ce monde, la mauvaise espérance de faux lendemains, les chimères, les invasions dévastatrices. Shigeko se souciait du bonheur comme d'une guigne. En ce sens, il est possible qu'elle obéît à un ordre de sécurité supérieur.

C'est que Shigeko avait mis en gage le peu de bonheur qui lui restait, pour acquérir un malheur plus sûr. À la différence des actions de bonheur qui ne rapportaient aucun dividende, celles de malheur étaient garanties pour une rémunération régulière. À la différence du bonheur qui est tel un fantôme qui échappe à la vie, ce malheur est complètement collé à la vie : c'était cette vie qu'elle désirait maintenant plus que tout. « Faire souffrir son mari » correspondait donc à sa volonté de vie, mais, n'en déplût au commandant Aigeus, ce n'était pas son légitime désir, sa légitime volonté. Si Shigeko avait eu la moindre faculté d'introspection, elle aurait estimé curieux de ne trouver nulle part dans son cœur le désir de « faire souffrir son mari ».

Shigeko, face à la fenêtre tournée vers le crépuscule, ouvrit son écritoire. Les gouttes d'eau qui tombaient du récipient se transformaient, dans cette lumière vénéneuse, en gouttes de sang. Puis elle déroula le papier, et se mit à gratter haineusement son bâton d'encre chinoise au parfum entêtant, en mettant dans ses doigts toute sa force.

7

Chaque fois qu'on lui demandait d'aller faire une commission à l'extérieur, Yokoi râlait immanquablement, ce qui réjouissait Katsu. Ses plaintes assorties de préliminaires prêtaient à rire. La grandiloquence de ses précautions oratoires comme : « Je ne tiens pas à me plaindre de tout et de n'importe quoi, mais... », ou : « Il n'est nullement dans mon intention de critiquer qui que ce soit, mais... », rendait ses plaintes encore plus attendrissantes.

« Offrir une bouteille déjà entamée ! s'indignait Katsu. Pourquoi Mademoiselle fait-elle une chose pareille, alors que la cave regorge de whisky ? »

Katsu regardait la bouteille de Johnny Walker enveloppée dans un foulard de soie. Yokoi fit mine de la cacher comme un enfant.

« Ce n'est pas un excès d'orgueil de ma part, mais j'ai honte d'une telle commission. Là-bas, on va se moquer de moi comme si j'étais un moins que rien. Si Madame fait cela, c'est peut-être pour faire honte à Monsieur qui se rend seul chez les Kikuchi ce soir.

— Elle n'ira donc pas ?

— Elle m'a chargé d'apporter une lettre.

— Montre-la-moi. »

Ils lurent la lettre en rapprochant leurs joues fripées de vieux.

Le... octobre

À Monsieur Keisuke Kikuchi

Cher Monsieur Kikuchi,

Vous avez pris la peine de me rendre visite tantôt, or non seulement je n'ai pas pu vous accueillir convenablement, mais de plus je me suis montrée discourtoise à votre égard : depuis tout à l'heure, je suis torturée à l'idée de trouver un moyen de me faire pardonner. J'étais d'humeur sombre, pour n'avoir guère fermé l'œil de la nuit, c'est certainement ce qui m'a conduite à laisser échapper des propos insolents et j'imagine combien vous avez été indisposé par ma regrettable attitude. Consciente de l'égoïsme de ma démarche, je vous demanderais toutefois de bien vouloir accepter mes excuses. Mon bonheur serait parfait si nous pouvions poursuivre nos relations comme avant.

J'attendais avec une telle impatience de vous voir ce soir, mais il me coûterait vraiment trop d'abuser de votre hospitalité juste après ma conduite insolente de ce matin. De plus, je ne suis pas en grande forme. Je vous prierai de bien vouloir excuser mon absence, ce soir. Je me permettrai de venir me faire pardonner un autre jour et, en cette occasion, de m'entretenir avec Mlle Tsuneko, ce dont je me réjouis à l'avance.

Mon mari seul répondra donc ce soir à votre aimable invitation, mais en venant directement du bureau, sans passer par la maison. Comme j'ai fait la sottise d'oublier de le charger de vous apporter le Johnny Walker dont nous avions parlé, et, afin que vous l'ayez à temps pour le dîner, je demande à Yokoi de vous l'apporter. Je vous conjure d'avoir la bonté de l'accepter.

Notre cave contient de nombreux alcools occidentaux qui n'ont pas été ouverts, et il aurait été mieux venu d'en choisir un. Mais, comme l'heure avance, nous n'avons pas le temps d'ouvrir la cave et je me permets d'abuser de l'indulgence avec laquelle vous disiez vous contenter d'une bouteille entamée : je vous envoie donc ce que vous avez laissé vous-même, l'autre jour. Lors de ma prochaine visite, j'apporterai bien entendu une nouvelle bouteille. Je compte sur votre compréhension.

Mon meilleur souvenir à Mlle Tsuneho.

Soyez assuré, cher Monsieur Kikuchi, de ma parfaite considération.

Shigeko Kawasaki

« Pauvre Mademoiselle ! Elle n'a pas à s'humilier autant. Elle avait une fierté plus grande que quiconque et voilà cette fierté brisée en mille morceaux.

— Voilà ce que Maître Hakuryû appelle "épuiser la bonne fortune". Au fond de l'abîme, on retrouve souvent sa gaieté. Quand Madame m'a confié tout à l'heure la lettre et le whisky, elle semblait plus gaie que d'habitude.

— Si tu tardes trop à revenir et qu'il y a une panne de courant, tu seras bien ennuyé. Cours vite et rentre tout de suite.

— Ah, je vais devoir encore me laisser secouer dans ce train bondé ! Il y en a qui souffrent d'être coincés contre mon paquet d'os et je les plains... »

Après avoir salué Yokoi, elle resta un moment devant le vestibule. Lorsqu'elle se retourna, elle se distingua dans la vitre de la porte coulissante, sur laquelle le soleil couchant réfléchissait ses rayons écarlates. C'était un crépuscule effrayant qui envahissait tout le ciel et qui s'apprêtait à fondre sur la silhouette de Katsu, enveloppée dans un kimono sombre en pongé.

8

Pour Chikao qui avait faim tôt, le dîner était prêt à peine passé cinq heures : ce soir-là exceptionnellement, sa mère s'était mise à table même si elle ne mangeait pas. Cette gentillesse injustifiée rendait Chikao désespérément triste : ce n'était pas seulement ce jour-là que sa mère ne mangeait rien, mais c'était la première fois qu'elle se montrait aussi gentille et prévenante sur tout. Cela paraissait un peu cérémonieux à l'enfant, et étourdiment il n'arrêtait pas de faire tomber sur ses genoux des grains de riz du repas de fête qu'on lui avait servi. Bien qu'il fût encore à l'école maternelle, il n'avait plus les joues rouges ; en revanche, étant particulièrement précoce, il savait probablement avec plus d'exactitude que Katsu et Yokoi ce qui se passait dans la maison. Bien entendu, si on analysait la situation devant lui, en parlant d'amour, de jalousie ou d'héritage, Chikao ne comprendrait rien, mais un enfant peut épidermiquement percevoir, sans se tromper, le malheur et le bonheur des adultes. Il flaire même l'intensité de l'ambiance générale. Et, quand l'enfant était témoin d'une gaieté décalée chez un adulte qui s'empêtrait, en réalité, dans le malheur, le cœur de l'enfant somatisait avec acuité.

Chikao avait déjà acquis la conscience de ce qui assombrit la vie, conscience qui le poussait à reculer instinctivement s'il surprenait le sourire indescriptiblement radieux d'un camarade d'école. Son souvenir de la ville de Moukden où il avait été élevé pouvait se dissiper de jour en jour, mais celui de sa peur au moment de l'attaque du train, qui se dirigeait vers la frontière coréenne, restait indélébile. Les cadavres étaient étendus, le visage tout rouge. Leurs yeux étaient ouverts. Quels regards effrayants ! Ah, çà !

Arrivant à Tôkyô, il n'éprouvait pas la curiosité d'un enfant à la vue de cette ville animée qu'il voyait pour la première fois. Les crises d'asthme de son grand-père, la mort de ce dernier, les sanglots douloureux de sa mère, le baiser que sa tante avait échangé avec un monsieur inconnu sur la terrasse du premier étage, rien moins que pendant la veillée funéraire : cette série d'événements sinistres présentait pour lui davantage de dangers inconnus, répondant mieux aux exigences secrètes d'un enfant. Il est possible que, quand chez la plupart des enfants l'aspiration vers l'avenir est dominante, la mort dominât, chez Chikao, qui avait été élevé selon les principes particuliers de sa mère.

La gentillesse que sa mère manifestait ce soir-là contenait quelque chose de funeste. Il en avait l'intuition, si bien qu'un sourire vaillant ne quittait jamais ses lèvres. Il éprouvait du respect pour le malheur de sa mère. Ce respect provenait de la vague intuition de n'être pas encore capable de connaître un tel malheur.

Tout enfant qu'il était, il était expert dans l'art d'apparaître comme un enfant adorable devant son père. Ce dernier aimait son fils. Mais l'enfant haïssait son père. C'était une violente haine, fantasmatique. Dans ses rêves, son père et lui se poursuivaient : l'un ou l'autre devait être tué. Et curieusement, quand son père mourait sous ses coups, Chikao hurlait de chagrin, non pas pour son père, mais en pensant à l'affliction de sa mère qui allait se lamenter de la mort de son mari, et il se réveillait alors.

Le grésillement des insectes dans le jardin commençait à faiblir. Comme la touffe de lespedezas blancs avait l'air d'un fantôme, Chikao n'aimait pas sortir dans le jardin quand il faisait sombre. Les herbes crissèrent. Saisissant sa cuillère à pleine main, il écarquilla ses yeux maladivement transparents, en s'exclamant de stupeur. Le jus de la daube coula le long du manche et la traînée imbiba la manche de son pull.

« Quelle poule mouillée, ce petit monsieur ! Ce n'est qu'un ouah-ouah. Un ouah-ouah qui est entré dans le jardin pour jouer. »

Katsu essuya soigneusement le poignet de l'enfant avec un torchon. Mais Chikao avait vu quelque chose de plus effrayant. Quand il s'était exclamé, les yeux de sa mère s'étaient ouverts de terreur devant les siens, presque simultanément. On voyait même sa cornée. En une fraction de seconde, les yeux de Shigeko et ceux de Chikao s'étaient rencontrés. Bien entendu, Katsu ne l'avait pas remarqué.

On entendait les pas du chien sur la mousse et son halètement.

« Chasse-le vite, Katsu, vite ! »

Katsu se leva avec une lenteur délibérée comme pour le taquiner.

« Vite, Katsu ! » répéta l'enfant dont le petit visage était marqué par une veine visible.

« Vilain ouah-ouah ! » dit Katsu.

Elle souleva le bras, comme dans une posture vaillante de danse du sabre, tournant le dos à la mère et à l'enfant, sur la véranda plongée dans le noir.

« Pfuit, pfuit, va-t'en donc ! »

Chikao leva les yeux pour scruter le visage de sa mère. Elle détourna le regard de son fils si sensible, puis resta immobile, baissant le visage où se dessinait l'ombre de ses cils. Une tristesse envahit l'enfant, qui en eut le cœur oppressé. Il jeta sa cuillère avec un fracas retentissant sur l'assiette qui brillait indifféremment sous la lumière de la lampe et tomba à la renverse sur son coussin, s'affalant en arrière sur le tatami. Il s'égosilla en pleurant. À travers ses sanglots, il sentait que l'éclat lumineux de la lampe perdait aussitôt sa forme dans le brouillard des larmes.

« Mais enfin qu'est-ce qui lui prend brusquement ?

— Il a envie de pleurer. Laissons-le faire. »

Comme si elles regardaient un sans-abri sur le trottoir, Shigeko et Katsu observaient le gigotement des petits membres de Chikao qui lançaient des coups de pied sur le tatami. Katsu chercha à le prendre dans les bras, en faisant glisser les mains sous son dos. Mais il résista en se cambrant, pour pleurer encore plus frénétiquement.

« Il ne va pas se calmer tout de suite. Laisse-le, dit Shigeko en pâlissant. Il est capricieux.

— Je ne suis pas capricieux ! » cria l'enfant en larmes.

Il savait que sa mère savait pertinemment qu'il ne pleurait pas par caprice. En effet, elle connaissait le processus affectif qui avait conduit l'enfant aux larmes.

« Mais alors qu'est-ce que c'est ? Il fait le bébé ? C'est incroyable !

— Je ne fais pas le bébé ! »

Shigeko sembla se plonger dans une prière. C'est précisément en cet instant qu'elle avait le besoin désespéré d'une force qui pût la remettre d'aplomb. Ses lèvres tremblaient. Elle aurait dû être normalement occupée.

« Il doit avoir sommeil. Tu me l'apporteras dans tes bras, Katsu. Aujourd'hui, c'est moi qui vais le coucher. »

Complètement ébahie, Katsu la dévisagea. Cela ne s'était jamais produit auparavant. Épuisé par les pleurs, Chikao avait laissé se refermer ses paupières moites. Cette fois-ci, il permit docilement à Katsu de glisser une main sous sa nuque. Il était léger pour son âge. Quand Katsu s'apprêta à sortir de la pièce avec l'enfant dans ses bras, l'électricité s'éteignit.

« Tiens, encore une coupure de courant !

— Ce n'est pas grave, Katsu, dit Shigeko en s'animant soudain d'une vitalité qui lui fit prendre l'initiative. Je vais aller chercher des bougies. Reste là, pour garder le petit. »

... Quand Shigeko monta l'escalier, une bougie à la main, son ombre caressa en vacillant le visage de Chikao que portait Katsu.

« Eh bien, on dirait vraiment des explorateurs !

— Ne vous excitez pas, vous allez me faire tomber à la renverse ! »

En trébuchant, comme pour propulser un bagage, Katsu laissa tomber sur le petit lit le corps de Chikao. Shigeko posa la bougie sur un coin du guéridon que Chikao faisait passer pour une île déserte dans le jeu de Robinson Crusoé.

« Katsu, je redescendrai quand j'aurai couché cet enfant. Tu peux disposer et te reposer jusqu'au retour de Monsieur. »

Dans la chambre, ils étaient restés seuls, l'enfant et elle, près de la lueur de la bougie. Shigeko mit son pyjama à Chikao.

Depuis le moment où il avait décelé une frayeur terrible dans les yeux de sa mère, Chikao avait pris peur de sa gentillesse inhabituelle. Le respect croissant pour le malheur de sa mère n'était pas simplement un doux sentiment, mais la crainte que cela donnât lieu à une violente pulsion tragique qui le pousserait à se jeter lui-même dans ce malheur. Il voulait être encore plus malheureux qu'elle. Il voulait réellement mériter sa funeste gentillesse. Il s'efforça de retrouver son sourire vaillant.

Elle se mit à marcher et buta sur une locomotive.

« Fais attention, maman !

— Tu ne devrais pas laisser traîner tes jouets comme ça ! Je voulais te lire une histoire et je cherchais un livre.

— Je ne veux pas de livre, viens ici. »

Elle s'assit sur le tapis et prit la main de son fils, qui était allongé et la regardait.

« Puisque je suis là, près de toi, il faut que tu t'endormes.

— Qu'est-ce que tu as, maman ? Tes mains tremblent.

— Non, elles ne tremblent pas.

— Dis-moi, maman », commença-t-il.

Ses cils, qu'il tenait de sa mère, trop longs pour un garçon, paraissaient encore plus épais à la lueur de la bougie.

« Tu as l'air nerveuse... Il doit se passer quelque chose d'intéressant, ce soir ? »

Elle sursauta, car elle eut l'impression que cet enfant avait tout deviné.

« Mais non, papa est allé chez les Kikuchi, pour une affaire importante. J'attends qu'il revienne avec une réponse.

— Ah bon. »

Chikao s'allongea sur le dos et ferma les yeux.

À peine eut-il fait claquer la langue dans la bouche, on commença à entendre une respiration douce et régulière. Comme un enfant réveille une personne endormie, inquiet à l'idée qu'elle puisse être morte, les doigts nerveux et noueux de Shigeko saisirent les deux bras de Chikao pour les secouer. L'enfant ouvrit les yeux.

Face à lui, les pupilles de sa mère, aussi terrifiantes que quelques instants auparavant, le fixaient. Les ombres déformantes de la bougie faisait de sa mère une inconnue. Les mèches folles de sa mère lui chatouillaient les joues.

« Chikachan, ce soir, maman ne sera plus là... On l'emmènera dans un endroit où elle ne pourra plus te voir, dit Shigeko en plaquant passionnément sa joue contre celle de son enfant et en prenant une voix rauque, presque masculine. Aie pitié de ta maman. Tu n'oublieras jamais, pour le reste de ta vie, ta maman comme tu l'as vue ce soir.

— Non, répondit-il sur un ton décidé de petit garçon. Je viens avec toi, maman. Je ne veux pas que tu me laisses seul.

— Tu ne seras pas seul, papa sera avec toi.

— Je déteste papa. Si je reste seul avec lui..., commença-t-il en mettant le bras autour du cou de sa mère, je vais mourir. Je vais vraiment mourir. »

Le visage de sa mère, qui sanglotait, était assez

lourd pour les genoux de l'enfant qui était assis sur son lit. Il était fier de ce fardeau. Chikao nouait et dénouait calmement avec ses doigts les cheveux de Shigeko. Il y trouvait une douceur incomparable.

« Moi..., poursuivit-il en rougissant. Si ça arrive vraiment, je préfère mourir. »

Shigeko sentit le devoir de s'arracher à contre-cœur à l'attendrissement dans lequel elle avait failli sombrer, entraînée par le petit enfant. Il s'agissait de devoir. L'heure était proche. Au point où elle en était arrivée, elle ne pouvait pas se laisser infléchir en accomplissant une mort paisible avec son fils. À cette idée, ses larmes séchèrent.

Mais ce réveil la fit en même temps buter sur une terrifiante pensée qu'elle n'avait jamais envisagée. Laisser Chikao, ne serait-ce pas offrir en sus une consolation d'amour à Hisao ? Il chercherait en son fils le dernier refuge de son amour, la dernière échappatoire de son amour. Il ne fallait pas laisser Chikao dans les bras de Hisao ! Sinon la vengeance ne serait pas parfaite. Pourtant elle ne pouvait pas emmener Chikao. Car elle devait subir une punition. Si elle pouvait tuer cet enfant de sa propre main, la souffrance de Hisao serait, cette fois-ci, incommensurable. La vengeance serait sans tache.

Un jappement lointain brisa le silence. Ce

funeste et infernal chant d'amour résonna partout à travers la nuit.

« Chien ?

— Oui... »

Shigeko se leva pour aller ouvrir les volets métalliques de la fenêtre. Dans le buisson qui se trouvait juste en bas, un chien passa en faisant bruire les herbes. Il fut suivi d'un autre. On racontait que, ces temps-ci, les chiens errants en meute tuaient des bébés en les mordant.

Chikao trouva étrange que sa mère se levât soudain avec froideur. Son ombre maléfique à la lueur de la bougie faisait des va-et-vient. Une idée fantasmagorique effleura l'esprit de l'enfant : peut-être ce soir un quelconque démon possédait-il sa mère. Mais il ignorait que son imagination avait vu juste.

... C'était maintenant l'heure où la mort s'approchait de Tsuneko et de Keisuke. Hisao — torturé par un terrible doute — rentrerait d abord en toute hâte pour annoncer leur décès. Après son retour, ce serait déjà trop tard. Il fallait que tout fût préparé et accompli dans les moindres détails avant cet instant.

« Chikachan... »

La douceur excessive de cet appel fit presque frissonner Chikao. On n'imaginait une telle douceur qu'adressée à un amant.

« Quoi ?

— Si maman meurt, tu mourras toi aussi ?

— Je ne veux pas mourir. »

Il commença à pleurnicher. En quelques minutes, il s'était métamorphosé. Il recula sur le lit.

« Moi, je ne veux pas mourir.

— Mais tu disais à l'instant que tu étais heureux de mourir.

— Non, je ne veux pas mourir. Maman et moi, on veut vivre.

— Si seulement ç'avait été possible, il n'y aurait jamais eu de problème. »

Les dents de Shigeko grinçaient au fond de sa bouche.

« Puisque ce n'est pas possible, maman a dû beaucoup souffrir. Je ne pense qu'à te rendre heureux. Meurs. Je mourrai après toi. »

Chikao entrouvrit les lèvres, fronça les sourcils, souleva le col de son pyjama jusqu'à son doux menton d'enfant : ne pouvant plus bouger, il tremblait.

« Hein, tu vas me faire le plaisir de mourir, n'est-ce pas ? Maman mourra tout de suite après. Simplement, tant qu'elle ne verra pas papa se tordre de douleur devant tes yeux éteints, maman ne pourra absolument pas mourir. Après cela, je te suivrai. Hein, ne t'inquiète pas. Maman n'a jamais manqué à sa promesse...

— Non... non... ah..., au secours ! Ah... j'ai peur. Quelqu'un, s'il vous plaît ! Vite ! »

La main de la mère couvrit la bouche de l'enfant qui voulait hurler. Son autre main se glissa précipitamment dans le col du pyjama pour saisir le cou de Chikao. Elle atteignit sa pomme d'Adam presque inexistante, semblable à une coquille minuscule.

9

Hisao sonna. Il n'y avait pas un bruit dans la maison, qui était plongée dans l'obscurité. Incapable de patienter si peu que ce fût jusqu'à ce qu'on lui ouvrît, il tambourina sur la porte coulissante.

Yokoi prit l'homme de haute taille, qui entra dès qu'il eut ouvert, pour un voleur et sans voix, s'accroupit dans l'entrée.

« C'est Yokoi ? Que fais-tu là ?

— Ah, c'est Monsieur. Je suis désolé, mais il y a une coupure de courant !

— Madame est là ?

— Oui, elle est là. Je vais vous apporter de la lumière.

— Je n'en ai pas besoin. Madame est-elle en bas ou en haut ?

— Madame couche M. Chikao au premier étage... Il s'est passé quelque chose ?

— Rien. »

Il était si nerveux qu'il n'arrivait pas à se déchausser un pied.

« Ni Katsu ni toi ne devez monter au premier pendant un moment. J'ai à parler avec Madame. Compris ? »

Une faible lueur pénétra dans le vestibule. On aurait dit qu'elle venait du haut. Les ombres de Hisao et de Yokoi commençaient à vaciller à leurs pieds. Hisao mit précipitamment un pied sur une marche et ses yeux rencontrèrent une femme inconnue qui le regardait du haut de l'escalier. Elle avait les cheveux en bataille, les vêtements en désordre. Il ne tarda pas à reconnaître sa femme. Elle s'apprêtait sans doute à descendre avec une bougie. Sur toute la surface du plafond au-dessus de la cage d'escalier, la lumière de la bougie déployait l'ombre menaçante de Shigeko.

« Mais, c'est toi, Shigeko ! »

Hisao monta les marches, comme hors de lui-même.

« Pourquoi tu ne me réponds pas ? Dans quel état tu t'es mise ? »

Elle ne répondait pas. Ses yeux ne se tournaient même pas vers le visage de son mari.

« Si tu savais l'horreur..., dit-il en lui secouant le bras. M. Kikuchi et Tsuneko sont morts sous mes yeux. Ce n'était pas n'importe quelle mort. C'était une mort épouvantable, abominable. C'est sûr que c'est ce whisky qui les a tués. Comment peux-tu rester aussi calme, Shigeko ? C'est une catastrophe ! Il y avait du poison dans la bouteille entamée qui a été apportée de la maison.

— C'est plutôt toi qui parles comme un enfant. On n'en est plus à s'exciter ou à se lamenter. Ce qui compte, c'est simplement l'assassin et ses malheureuses victimes. »

Hisao écoutait, en baissant la tête, chaque mot que Shigeko prononçait posément. Puis soudain, il laissa échapper un cri douloureux et étouffé.

« C'est donc toi qui as mis le poison ?

— Oui, c'est moi. Je l'ai fait dans le seul but de voir ton visage souffrir.

— Démon ! Tu n'es pas une femme. Tu as un visage de femme, mais tu es une lionne. À quel monstre ai-je donné le nom d'épouse ? Tu as tué des personnes bonnes et innocentes, et tu gardes une mine imperturbable et hautaine. C'est toi, la source des maux de la terre. Je te hais. Je te hais. Le répéterais-je un million de fois, cette haine ne serait pas épuisée.

— Moi aussi, je te hais. Mais la différence est qu'il me suffit, à moi, de dire une seule fois que je te hais : je me trouve en cet instant même dans cet état tant espéré, qui me comblera de haine pour le restant de mes jours. »

Hisao, qui avait perdu jusqu'à la force de crier, resta immobile. Une crainte encore plus funeste lui traversa l'esprit.

« Je vais aller voir Chikao. Donne-moi la bougie. »

Shigeko était adossée au mur du couloir, en pleine obscurité. Son cœur palpitait de joie, à tout rompre. C'est pour cet instant précis qu'elle avait vécu.

Dans la chambre de Chikao, il y eut un long silence. Puis s'échappèrent des sanglots tout d'abord étouffés, ensuite de plus en plus sonores. Elle attendit.

Le visage dans les mains, Hisao ressortit en chancelant. On eût dit un vieil homme. Arrivé devant Shigeko, il s'écroula. Il resta immobile au sol un moment. Shigeko sentit la main de son mari agripper son pied.

« Je t'en prie. Tue-moi tout de suite. Il ne me reste plus aucune force pour me tuer.

— Je t'ai fait souffrir. Ainsi j'ai atteint mon but. Tu n'as plus à mourir. »

L'homme épuisé lui répondit par un paradoxe qui recelait l'outrage le plus blessant :

« Shigeko, tu ne t'es donc jamais aperçue que tu étais la seule personne que j'aie aimée du fond du cœur ? »

Shigeko sourit en découvrant ses dents belles comme des lys, reconnaissables même dans l'obscurité. On entendit sa voix solaire :

« Si, je le savais, moi aussi. Pas une fois, je n'en ai douté. »

1. Les dates indiquées sont celles de la première parution en revue.

John STEINBECK *Le meurtre* et autres nouvelles

Dans un monde d'hommes, rude et impitoyable, quatre portraits de femmes fortes par l'auteur des *Raisins de la colère*.

VOLTAIRE *L'Affaire du chevalier de La Barre* précédé de *L'Affaire Lally*

Directement mis en cause dans l'affaire du chevalier de La Barre, Voltaire s'insurge et utilise sa meilleure arme pour dénoncer l'injustice : sa plume.

Composition Bussière.
Impression Novoprint
à Barcelone, le 8 décembre 2008.
Dépôt légal : décembre 2008.
ISBN : 978-2-07-036157-1./Imprimé en Espagne.

133114